文学常识丛书

逝者如斯

翟民　主编

黄河出版传媒集团
阳光出版社

图书在版编目（CIP）数据

逝者如斯 / 翟民主编. —— 银川：阳光出版社，
2016.6（2020.12重印）
（文学常识丛书）
ISBN 978-7-5525-2721-6

Ⅰ.①逝… Ⅱ.①翟… Ⅲ.①古典散文－文学欣赏－
中国－青少年读物 Ⅳ.①I206.2-49

中国版本图书馆CIP数据核字(2016)第158195号

文学常识丛书　逝者如斯　　　　　　　　　　　　　　　翟民　主编

责任编辑　陈建琼
封面设计　民谐文化
责任印制　岳建宁

黄河出版传媒集团　出版发行
阳 光 出 版 社

出 版 人　薛文斌
地　　址　宁夏银川市北京东路139号出版大厦（750001）
网　　址　http：//www.ygchbs.com
网上书店　http：//www.shop129132959.taobao.com
电子信箱　yangguangchubanshe@163.com
邮购电话　0951-5047283
经　　销　全国新华书店
印刷装订　河北燕龙印刷有限公司
印刷委托书号　（宁）0019171

开　　本　710 mm×1000 mm　1/16
印　　张　9.5
字　　数　114千字
版　　次　2016年11月第1版
印　　次　2021年1月第2次印刷
书　　号　ISBN 978-7-5525-2721-6
定　　价　28.50元

前　言

　　源远流长的中华五千年文化，滋养着生生不息的中华民族。那些饱含圣贤宗师心血的诗歌、散文，历经了发展和不断地丰富，融入了中华民族的血脉，铸就了中华民族的脊梁，毋庸置疑地成为宝贵的文化遗产、永恒的精神食粮、灿烂的智慧结晶。然而受课时篇幅所限，能够收入到中小学教科书的经典作品必定是极少数。为此，我们精心编辑了这一套集古代经典诗歌分类赏析、古代经典散文分类赏析为一体的《文学常识丛书》。

　　本套丛书包括：古代经典诗歌分类赏析共十册——《诗中水》《诗中情》《诗中花》《诗中鸟》《诗中雨》《诗中雪》《诗中山》《诗中日》《诗中月》《诗中酒》；古代经典散文分类赏析共十册——《物华风清》《人和政通》《诙谐闲趣》《情规义劝》《谈古喻今》《修身养性》《奇谋韬略》《群雄争锋》《逝者如斯》《天下为公》。

　　读古诗，我们会发现诗人都有这样一个特征——托物言志。如用"大鹏展翅""泰山绝顶"来抒发自己对远大抱负的追求，用"梅兰竹菊""苍松劲柏"来表达自己对崇高品格的追慕；用"青鸟红豆""鸿雁传书"寄托相思，用"阳关柳色""长亭古道"排解离愁，用"浮云"来感慨人生无常、天涯漂泊，用"流水"来喟叹时光易逝、岁月更替，用"子规"反映哀怨，用"明月"象征思念……总之，对这些本没有思想感情的自然物，古代诗人赋予它们以独特的寓意，使之成为古诗中绚丽多彩的意象。正是这些意象为古诗增添了无穷的魅力。

　　古典散文同样也散发着艺术的光辉，但更引人瞩目的是它所蕴含的思

— 1 —

想精华,或纵论古今,或志异传奇,或微言大义,或以小见大,读后不禁让我们对古人睿智的思想和优美的文笔赞叹不已。

希望能通过这套丛书,使广大中学生对祖国光辉灿烂的文化遗产有一个更深刻的认识。

编者

目　录

作者简介

　　司马迁(约公元前145—?)西汉史学家,文学家。字子长,左冯翊夏阳(今陕西韩城西南)人。司马迁10岁开始学习古文书传。约在汉武帝元光、元朔年间,向今文家董仲舒学《公羊春秋》,又向古文家孔安国学《古文尚书》。20岁时,从京师长安南下漫游,足迹遍及江淮流域和中原地区,因替投降匈奴的李陵辩护,获罪下狱,受腐刑。出狱后任中书令,发愤著书,终于完成了《史记》的撰写。人称其书为《太史公书》。

　　《史记》语言生动,形象鲜明,为历代传颂。被鲁迅誉为"史家之绝唱,无韵之离骚。"是中国第一部纪传体通史,在中国文学史上占有极其重要的地位。

廉颇蔺相如列传

　　廉颇者,赵之良将也。赵惠文王十六年①,廉颇为赵将,伐齐,大破之,取阳晋②,拜为上卿③,以勇气闻于诸侯④。

　　相如者⑤,赵人也。为赵宦者令缪贤舍人⑥。

　　赵惠文王时,得楚和氏璧⑦。秦昭王闻之⑧,使人遗赵王书⑨,愿以十五城请易璧⑩。赵王与大将军廉颇诸大臣谋,欲予秦,秦城恐不可得徒见欺⑪;欲勿予,即患秦兵之来。计未定,求人可使报秦者⑫,未得。

　　宦者令缪贤曰:"臣舍人蔺相如可使。"王问:"何以知之?"对曰:"臣尝有罪,窃计欲亡走燕⑬。臣舍人相如止臣⑭,曰:'君何以知燕王?'臣语曰:'臣尝从大王与燕王会境上⑮,燕王私握臣手,曰:愿结友。以此知之,故欲往。'相如谓臣曰:'夫赵强而燕弱,而君幸于赵王⑯,故燕王欲结于君。今君乃亡赵走燕⑰,燕畏赵,其势必不敢留君,而束君归赵矣⑱。君不如肉袒伏斧质请罪⑲,则幸得脱矣⑳。'臣从其计,大王亦幸赦臣。臣窃以为其人勇士,有智谋,宜可使。"

　　于是王召见,问蔺相如曰:"秦王以十五城请易寡人之璧,可予不㉑?"相如曰:"秦强而赵弱,不可不许。"王曰:"取吾璧,不予我城,奈何?"相如曰:"秦以城求璧而赵不许,曲在赵㉒;赵予璧而秦不予赵城，曲在秦。均之二策㉓，宁许以负秦曲㉔。"王曰："谁可使者?"相如曰："王必无人㉕，臣愿奉璧往使㉖。城入赵而璧留秦；城不入，臣请完璧归赵。"赵王于是遂遣相如奉璧西入秦。

秦王坐章台见相如㉗，相如奉璧奏秦王㉘。秦王大喜，传以示美人及左右，左右皆呼万岁。相如视秦王无意偿赵城，乃前曰："璧有瑕㉙，请指示王。"王授璧，相如因持璧却立㉚，倚柱，怒发上冲冠㉛，谓秦王曰："大王欲得璧，使人发书至赵王㉜，赵王悉召群臣议㉝，皆曰：'秦贪，负其强㉞，以空言求璧，偿城恐不可得。'议不欲予秦璧。臣以为布衣之交尚不相欺㉟，况大国乎？且以一璧之故，逆强秦之欢㊱，不可。于是赵王乃斋戒五日㊲，使臣奉璧，拜送书于庭㊳。何者？严大国之威以修敬也㊴。今臣至，大王见臣列观㊵，礼节甚倨㊶；得璧，传之美人，以戏弄臣。臣观大王无意偿赵王城邑，故臣复取璧。大王必欲急臣㊷，臣头今与璧俱碎于柱矣!"

相如持其璧睨柱㊸，欲以击柱。秦王恐其破璧，乃辞谢固请㊹，召有司案图㊺，指从此以往十五都予赵㊻。

相如度秦王特以诈、佯为予赵城㊼，实不可得，乃谓秦王曰："和氏璧，天下所共传宝也㊽。赵王恐，不敢不献。赵王送璧时，斋戒五日。今大王亦宜斋戒五日，设九宾于廷㊾，臣乃敢上璧。"秦王度之，终不可强夺，遂许斋五日。舍相如广成传㊿。

相如度秦王虽斋，决负约不偿城[51]，乃使其从者衣褐怀其璧[52]，从径道亡[53]，归璧于赵。

秦王斋五日后，乃设九宾礼于廷，引赵使者蔺相如。相如至，谓秦王曰："秦自缪公以来二十余君[54]，未尝有坚明约束者也[55]。

臣诚恐见欺于王而负赵，故令人持璧归，间至赵矣⑤⑥。且秦强而赵弱，大王遣一介之使至赵⑤⑦，赵立奉璧来。今以秦之强而先割十五都予赵，赵岂敢留璧而得罪于大王乎！臣知欺大王之罪当诛，臣请就汤镬⑤⑧。唯大王与群臣熟计议之⑤⑨！"

秦王与群臣相视而嘻⑥⑩。左右或欲引相如去。秦王因曰："今杀相如，终不能得璧也，而绝秦赵之欢。不如因而厚遇之⑥①，使归赵。赵王岂以一璧之故欺秦邪！"卒廷见相如⑥②，毕礼而归之⑥③。

相如既归，赵王以为贤大夫⑥④，使不辱于诸侯，拜相如为上大夫。秦亦不以城予赵，赵亦终不予秦璧⑥⑤。

其后，秦伐赵，拔石城⑥⑥。明年，复攻赵，杀二万人。

秦王使使者告赵王⑥⑦，欲与王为好⑥⑧，会于西河外渑池⑥⑨。赵王畏秦，欲毋行⑦⑩。廉颇、蔺相如计⑦①，曰："王不行，示赵弱且怯也。"赵王遂行。相如从。廉颇送至境，与王诀曰⑦②："王行，度道里会遇之礼毕⑦③，还，不过三十日。三十日不还，则请立太子为王，以绝秦望⑦④。"王许之。遂与秦王会渑池。

秦王饮酒酣，曰："寡人窃闻赵王好音⑦⑤，请奏瑟⑦⑥。"赵王鼓瑟⑦⑦。秦御史前⑦⑧，书曰："某年月日，秦王与赵王会饮，令赵王鼓瑟。"蔺相如前曰："赵王窃闻秦王善为秦声⑦⑨，请奏盆缻秦王⑧⑩，以相娱乐。"秦王怒，不许。于是相如前进缻，因跪请秦王。秦王不肯击缻。相如曰："五步之内，相如请得以颈血溅大王矣⑧①！"左右欲刃相如⑧②，相如张目叱之，左右皆靡⑧③。于是秦王不怿⑧④，为一击缻。相如顾召赵御史⑧⑤，书曰："某年月日，秦王为赵王击缻。"秦之群臣曰："请以赵十五城为秦王寿⑧⑥。"蔺相如亦曰："请以秦之咸阳为赵王寿㊱。"秦王竟酒㊲，终不能加胜于赵㊳。赵亦盛设兵以待秦，秦不敢动㊴。

既罢㊑，归国。以相如功大，拜为上卿，位在廉颇之右㊒。

廉颇曰："我为赵将，有攻城野战之大功，而蔺相如徒以口舌为劳㊓，而位居我上。且相如素贱人㊔，吾羞，不忍为之下。"宣言曰㊕："我见相如，必辱之。"相如闻，不肯与会。相如每朝时，常称病，不欲与廉颇争列㊖。已而相如出㊗，望见廉颇，相如引车避匿。

于是舍人相与谏曰㊘："臣所以去亲戚而事君者㊙，徒慕君之高义也。今君与廉颇同列⑩，廉君宣恶言，而君畏匿之，恐惧殊甚。且庸人尚羞之，况于将相乎！臣等不肖⑩，请辞去。"蔺相如固止之⑩，曰："公之视廉将军孰与秦王⑬？"曰："不若也。"相如曰："夫以秦王之威，而相如廷叱之，辱其群臣。相如虽驽⑭，独畏廉将军哉？顾吾念之⑮，强秦之所以不敢加兵于赵者，徒以吾两人在也。今两虎共斗，其势不俱生⑯。吾所以为此者，以先国家之急而后私仇也。"

廉颇闻之，肉袒负荆⑰，因宾客至蔺相如门谢罪⑱，曰："鄙贱之人，不知将军宽之至此也⑲！"

卒相与欢，为刎颈之交⑳。

注释

①赵惠文王：赵武灵王的儿子，赵国第七个君主，在位33年（公元前298—前266年）。惠王十六年即公元前283年。

②阳晋：齐邑，在今山东省菏泽县西北24公里。别本多作晋阳，有误。

晋阳在今山西省,原属赵国,非从齐国攻取得来。

③拜:授官。卿:周天子及诸侯所属高级官职的通称,分上、中、下三级。上卿,相当于后来的宰相。

④以勇气:《后汉书》李贤注引《战国策》:"廉颇为人,勇鸷而爱士。"

⑤蔺(lìn):姓。

⑥宦者令:宦官的首领。缪(miào)贤:宦者令的姓名。舍人:派有职事的门客。

⑦和氏璧:楚人卞和在山中得到一块玉璞(含有玉的石块),献给楚厉王。厉王派玉工鉴别,说是石。厉王以为他诈骗,截去他左足。武王立,他又去献玉璞,玉工仍说是石,再截去他的右足。文王立,卞和抱着玉璞在山中号哭。文王知道后,派玉工剖璞,果得宝玉,因称曰:"和氏璧"。事载《韩非子·和氏篇》。和氏璧具有侧而视之色碧,正而视之色白的变彩特征,据今地质专家考实,其产地在神农架海拔 3000 米高处的板仓坪、阴峪海地带。今月光石与其相吻合。

⑧秦昭王:即昭襄王,在位 56 年(公元前 306—前 251 年)。

⑨遗(wèi):送。

⑩易:交换。

⑪徒:白白地。见欺:被欺。

⑫使报:出使答复。

⑬窃计:暗中打算。亡走燕:逃到燕国去。亡,逃。走,跑。

⑭止:劝阻。

⑮会境上:在赵燕两国的边境上相会。

⑯幸:得宠。

⑰亡赵走燕:逃离赵国,投奔燕国。

⑱束君归赵:捆绑您送回赵国。

⑲肉袒(tǎn)：解衣露体。斧质：腰斩犯人的刑具。质，同锧。承斧的砧板。《汉书·项籍传》颜师古注："质，谓砧也。古者斩人，加于砧上而斫之也。"

⑳幸：幸而。得脱：得到赦免。

㉑寡人：寡德的人，旧时君主自称的谦词。不(fǒu)：通否。

㉒曲：理亏。

㉓均之二策：衡量予璧不予璧两个计策。均，同钧，权衡。

㉔负秦曲：使秦担负理亏的责任。

㉕必：确实。

㉖奉：同捧。

㉗章台：秦离宫中的台观之一，故址在今陕西省长安县故城西南角的渭水边。

㉘奏：进献。

㉙瑕：小斑点。

㉚却立：倒退几步站立。

㉛怒发上冲冠：头发因怒竖起，顶起帽子。形容极其愤怒。

㉜发书：发信。

㉝悉：全，都。

㉞负：凭仗。

㉟布衣之交：百姓之间的交往。古代平民以麻布、葛布为衣，故称。

㊱逆：拂逆，触犯。

㊲斋戒：一种礼节，古人在举行典礼或祭祀之前，须先沐浴更衣，不茹荤酒，静居戒欲，以示虔诚庄敬，称斋戒。

㊳书：国书。庭：通"廷"，朝廷。

㊴严：尊重。修敬：表示敬慕。此谓斋戒、拜送、修敬、皆是临时设辞，

以斥责秦王之倨。

㊵列观(guàn)：一般的台观。此指章台。秦对赵使不尊重,故不在朝廷接见。

㊶倨(jù)：傲慢。

㊷急：逼迫。

㊸睨(nì)：斜视。

㊹辞谢：婉言道歉。固请：坚决请求。

㊺有司：官吏的通称。古时设官分职,各有专司,因称官吏为有司,此指专管国家疆域图的官吏。案图：查明地图。

㊻都：城。

㊼度(duó)：忖度,推测。特：只,只是。诈：诡计。佯为：假装作。

㊽共传：公认。

㊾设九宾：古时外交上最隆重的礼仪。《史记集解》引韦昭曰："九宾则《周礼》九仪。"索隐："《周礼》大行人别九宾,谓九服之宾客也。"朝会大典由傧相九人依次传呼接迎宾客上殿。宾,同傧。傧相即赞礼官。

㊿舍：安置,留宿。广成：宾馆名。传(zhuàn)：宾馆。

(51)决负约：必然违背信约。

(52)衣(yì)褐(hè)：穿上粗麻布短衣。谓装作平民。

(53)径道：小路。

(54)缪公：即秦穆公,秦秋五霸之一。秦从缪公起开始强大,到昭王共二十二君。

(55)坚明约束：坚守信约。

(56)间(jiàn)：间行,秘密离去。

(57)一介之使：一个小小的使臣。

(58)就：承受。汤镬(huò)：煮汤的大锅。就汤镬,意谓愿受烹刑。

(59)唯：希望。熟：仔细、再三之意。

(60)嘻：惊怪之声。

(61)因：就此，顺势。

(62)廷见：在朝廷上正式接见。

(63)归之：使之归，送相如回去。

(64)大夫：官名，分上、中、下三等。相如奉命使秦，按照当时外交上的通例，当已取得大夫之衔。

(65)此上写完璧归赵。

(66)石城：赵国地名，在今河南省林县西南 40 公里。拔石城，时在赵惠文王十八年（公元前 281 年）。

(67)使使者：派遣使者。

(68)为好：结好。

(69)西河：黄河以西，指今陕西省渭南地区黄河以西之地。渑（miǎn）池：战国时韩邑，后属秦，即今河南渑池县。故治与渑池水发源处南北相对，渑池在西河之南，就赵国的方位而称“外”。渑池之会，时在赵惠王二十年（公元前 279 年）。

(70)欲毋行：想不去。

(71)计：商议。

(72)诀：辞别，告别。

(73)道里：行程。会遇之礼：相见会谈的仪式。

(74)绝秦望：断绝秦国的奢望。

(75)好（hào）音：爱好音乐。

(76)瑟：同琴相似的一种乐器，通常有二十五弦。

(77)鼓：弹奏。

(78)御史：战国时史官之称，专管图籍、记载国家大事。

⑦秦声：秦国乡土乐曲。

⑧盆缻(fǒu)：均瓦器。缻，同缶。《史记集解》引《风俗通义》："缶者，瓦器，所以盛酒浆，秦人鼓之以节歌也。"李斯《谏逐客书》："夫击瓮叩缻，弹筝搏髀而歌呼呜呜快耳目者，真秦之声也。"

⑧五步之内：言距离近。请得：请求许可。本是委婉之辞，此处表示态度强硬。以颈血溅大王：拿头颈的血溅在大王身上。意谓跟秦王拼命。

⑧刃：刀锋，此意为杀。

⑧靡：倒退，吓倒。

⑧怿(yì)：高兴。

⑧顾：回头。

⑧寿：祝福。

⑧咸阳：秦国都，在今陕西省咸阳市东。

⑧竟酒：酒宴完毕。

⑧加胜：施以取胜之计。

⑨此上写渑池之会，蔺相如折服秦王，维护了赵国的尊严。

⑨既罢：会晤已经结束。

⑨右：古代席位以左为尊，职位以右为尊。

⑨徒以口舌为劳：只不过因为能说会道立了功劳。

⑨贱人：指相如出身微贱。

⑨宣言：对外扬言。

⑨争列：争位次的上下。

⑨已而：不久，过些时。

⑨相与：共同，一起。谏：下对上的劝告。

⑨去：离开。

⑩同列：指二人同为上卿。

⑩不肖:不贤,不才。

⑩固止之:一再劝阻他们。

⑩公:敬称对方之词。孰与秦王:比秦王怎样。孰与,意为"何如"。

⑩驽(nú):劣马,比喻庸碌无能。

⑩顾:但是。

⑩不俱生:未必有一死。

⑩负荆:背着荆条,表示愿受鞭打。

⑩因宾客:通过自家的宾客引导。

⑩鄙贱之人:品质不好的人。自责之词。将军:当时上卿职兼将相,故蔺相如也可称将军。

⑩卒:终于。刎颈之交:即生死之交。以上写廉蔺释嫌交欢的始末。

逝者如斯

译文

廉颇是赵国的杰出将领。赵惠文王十六年,廉颇任赵国的大将,领兵攻打齐国,大败齐军,夺取了阳晋,被封为上卿,凭着他的勇气闻名于诸侯。

蔺相如是赵国人,是赵国宦官头领缪贤的门客。

赵惠文王时,得到楚国的和氏璧。秦昭王知道了这事,派人送给赵王一封信,表示愿意拿15座城请求换这块璧。赵王同大将军廉颇等大臣商议:想把璧给秦国,恐怕不能得到秦国的城,白白地受骗;想不给,就担忧秦国发兵打来。计策定不下,想找一个能够出使答复秦国的人,也没找到。

宦官头领缪贤说:"我的门客蔺相如可以出使。"赵王问:"你怎么知道他能够胜任呢?"缪贤回答说:"我曾经犯过罪,私下打算逃亡燕国。我的门客蔺相如阻止我,说:'您怎么知道燕王会收容您呢?'我告诉他说:'我曾跟随大王同燕王在边境上会过面。燕王背地里握着我的手,说:愿意和你交个朋友。凭此而晓得他,所以打算前往。'蔺相如对我说:'那时赵国强而燕国弱,而且您又受赵王宠爱,所以燕王要同你结友。现在您是要背叛赵国去投奔燕国,燕国畏怕赵国,势必不敢收留您,而会把您捆绑起来送回赵国的。您不如袒露身体伏在刑具上请求恕罪,或许能得到赦免。'我听从了他的计策。幸运得很,大王也赦免了我。我私下认为,这个人是个勇士,有智谋,适宜担任这个差使。"

于是赵王召见蔺相如,问相如说:"秦王要拿 15 座城来换我的和氏璧,可不可给?"相如说:"秦国强而赵国弱,不可不答应。"赵王说:"要是拿了我的璧,不给我们城怎么办?"相如说:"秦国用城来换璧,要是赵国不答应,理亏在赵国;赵国给了璧,要是秦国不给赵国城,理亏在秦国。权衡这两种对策,宁可答应他,而让秦国担负理亏的责任。"赵王问:"谁可出使呢?"相如说:"大王果真没有合适的人,我愿意捧璧前往出使。等城给了赵国,我就把璧留给秦国;如果城不给,我保证完整无缺地把璧送回赵国。"赵王于是就派蔺相如捧护宝璧西行到秦国去。

秦王高坐在章台宫里接见蔺相如。相如捧护宝璧进献给秦王,秦王非常高兴,把宝璧传递给姬妾和左右侍臣观赏,左右的人都高呼万岁。相如看出秦王没有诚意把城交付给赵国,就上前说:"这璧上有点小斑疵,请让我指给大王看。"秦王把璧递给相如,相如趁此拿过璧,倒退几步站住,靠着殿柱,怒发冲冠地对秦王说:"大王想得到璧,派人送信给赵王,赵王把所有的大臣全都召集起来商议,都说:'秦国向来贪婪,倚仗自己势力大,想拿空话来赚取璧,给赵国的城恐怕得不到。'商议的结果都不愿把璧给秦国。我却认为普通百姓之间的交往,尚且不相互欺骗,何况秦是个大国呢?而且为了一块璧的缘故,惹得强大的秦国不高兴,也不值得。赵王听了我的话,于是斋戒 5 天,才派我捧璧出使,在朝廷上拜送了国书。为什么这样呢?是为了尊重大国的威严而表示恭敬啊。现在我来此,大王只在普通的殿堂里接见我，礼节甚为傲慢；拿到璧，又递给嫔妃们传看，以此来戏弄我。我看大王没有诚意把城偿付给赵国，所以我又重取回了璧。如果大王一定要逼迫我，我的头颅今天就跟这块璧一起撞碎在殿柱上了！"

相如举着璧，斜睨着殿柱，准备向殿柱撞去。秦王害怕他撞碎宝璧，于是婉言道歉，坚决请求他不要这样。召唤主管版图的官吏来察看地图，指划着从这里到那里十五座城划给赵国。

相如料想秦王只不过用欺诈的手段假装要给赵国城邑，其实是不会得到的，就对秦王说："和氏璧，是天下公认的宝物。赵王害怕你们，不敢不献。赵王送璧时，斋戒了5天。现在大王您也应该斋戒5天，在朝廷上设九宾大礼，我才敢献上宝璧。"秦王估计这事，终究不能强夺，就答应斋戒5天。安置相如住在广成宾馆。相如预料秦王虽然斋戒了，必定不守信用，不愿把城给赵国。于是就派他的一个随从穿着粗布便衣，怀揣着那块璧，从小路逃走，把璧送回赵国。

秦王斋戒5天以后，就在大殿上设下九宾大礼，招请赵国的使臣蔺相如。相如到来，对秦王说："秦国从穆公以来二十多位国君，未曾有过坚守信约的。我实在怕被大王欺骗而辜负了赵国，所以叫人把璧送回去了。如今抄小路已到赵国了。好在秦国强而赵国弱，大王只要派一个小小使者到赵国，赵国立刻就会把璧送来。现在凭秦国这样的强大，要是先把15座城割给赵国，赵国怎敢留下璧而得罪大王呢？我知道欺骗大王的罪过该受惩罚，我请求受汤镬之刑。只是希望大王您和各位大臣仔细考虑这件事！"

秦王和群臣们听后，面面相觑，"嘻"地都发出惊怪声。左右侍卫有的想把相如拉出去处死，秦王忙说："现在杀了相如，终究得不到宝璧，却断绝了秦国和赵国的友好关系。倒不如趁此机会好好款待他，让他回赵国去。赵王难道会因为一块璧的缘故欺骗秦国吗？"终于在朝廷上接见了相如，仪式完毕之后就送他回了赵国。

相如回国以后，赵王认为他是个贤能的大夫，奉命出使不受诸侯国的欺侮，就任命他作上大夫。结果秦国也没割城给赵国，赵国也始终没有把璧给秦国。

在这以后，秦国攻打赵国，夺取了石城。第二年，又攻打赵国，杀了二万人。

秦王派遣使臣告诉赵王，想同赵王和好，约他在黄河以西的渑池相会。赵王害怕秦国，想不去。廉颇、蔺相如商议后对赵王说："大王不去，就显得赵国太软弱而胆怯了。"赵王于是决定赴会。由蔺相如随从。廉颇送到边境，与赵王拜别说："大王此行，估计全部行程和会见的礼节完毕，到回来，不过 30 天。30 天不回来，那就请允许立太子为王，以断绝秦王要挟的念头。"赵王答应了他。于是和秦王在渑池相会。

秦王喝酒喝到畅快时，说："我私下听说赵王爱好音乐，请弹弹瑟吧。"赵王只好为他弹瑟。秦国的史官上前记道："某年某月某日，秦王和赵王相会饮酒，令赵王弹瑟。"这时蔺相如走上前去说："我们赵王也私下听说秦王善于演奏秦国乐曲，请允许我献上瓦盆给秦王敲，以此相互娱乐。"秦王大怒，不答应。于是相如上前献上瓦盆，接着跪下请求秦王。秦王不肯敲瓦盆。相如说："在这五步之内，请让我把头颈里的血溅到大王身上！"秦王左右侍卫要杀相如，相如瞪着眼怒视他们，侍从都被吓退了。于是秦王很不高兴，为赵王敲了一下瓦盆。相如回头召呼赵国的史官写道："某年某月某日，秦王给赵王敲瓦盆。"秦国的大臣们说："请用赵国的 15 座城为秦王祝福。"蔺相如也反击道："请用秦国的国都咸阳为赵王祝福。"秦王直到酒宴完毕，始终没有在赵国头上占到上风。赵国这期间也大规模地部置军队来防备秦国进攻，秦国不敢轻举妄动。

渑池之会结束后，赵王回到赵国，因为蔺相如功劳大，封他为上卿，位次在廉颇之上。

廉颇说:"我身为赵国的大将,有攻城野战的大功;而蔺相如仅凭着口舌立了点功,位次却在我之上。况且相如本来是个微贱之人。我感到羞耻,不甘心位居他之下。"并公开扬言说:"我见了蔺相如,定要羞辱他。"相如听说了这话,不肯和他见面。相如每逢上朝时,常常推托有病,不愿跟廉颇争位次的先后,后来相如出门,望见廉颇,他就调转车绕道回避。

于是,相如的门客们都劝相如说:"我们之所以离开亲眷家人来侍奉您,只是仰慕您的高尚德行啊。现在您和廉颇职位相同,廉将军公然说一些无礼的话,您却害怕而躲避他,恐惧得太过分了。平常的人对此尚且会感到羞耻,何况身为将相的人呢!我们这些人没用,请让我们走吧!"蔺相如坚决挽留他们说:"诸位看廉将军的威风比秦王怎么样?"门客们回答说:"自然不如秦王。"相如说:"凭着秦王那样的威风,可是我蔺相如公开在朝廷上呵斥他,羞辱他的大臣们。我虽然无能,难道会单怕廉将军吗?但我想到,强暴的秦国之所以不敢对赵国施加武力,只因为有我们两个人在。假如两虎相斗,势必不能同存。我所以这样做,是因为把国家的急难放在前头而把个人的仇怨放在后头啊。"

后来廉颇听到这话,就光着膀子背上荆条,由门客引导着到相如府上赔罪,说:"我这粗野鄙贱的人,不知道将军您竟宽容我到了这种地步啊!"

两人终于彼此和好,成了同生共死的朋友。

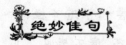

强秦之所以不敢加兵于赵者,徒以吾两人在也。今两虎共斗,其势不俱生。吾所以为此者,以先国家之急而后私仇也。"

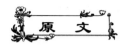
屈原列传

屈原者，名平，楚①之同姓也。为楚怀王左徒②。博闻强志，明于治乱，娴于辞令。入则与王图议国事，以出号令；出则接遇宾客，应对诸侯。王甚任之。

上官大夫③与之同列，争宠而心害其能。怀王使屈原造为宪令，屈平属草稿未定，上官大夫见而欲夺之，屈平不与。因谗之曰："王使屈平为令，众莫不知。每一令出，平伐其功，曰：以为'非我莫能为'也。"王怒而疏屈平。

屈平疾王听之不聪也，谗谄之蔽明也，邪曲之害公也，方正之不容也，故忧愁幽思而作《离骚》④。"离骚"者，犹离忧也。夫天者，人之始也；父母者，人之本也。人穷则反本，故劳苦倦极，未尝不呼天也；疾痛惨怛，未尝不呼父母也。屈平正道直行，竭忠尽智，以事其君，谗人间之，可谓穷矣。信而见疑，忠而被谤⑤，能无怨乎？屈平之作《离骚》，盖自怨生也。上称帝喾⑥，下道齐桓，中述汤、武，以刺世事。明道德之广崇，治乱之条贯，靡不毕见。其文约，其辞微，其志洁，其行廉。其称文小而其指极大，举类迩而见义远。其志洁，故其称物芳⑦；其行廉，故死而不容。自疏濯淖污泥之中，蝉蜕于浊秽，以浮游尘埃之外，不获世之滋垢，皭然泥而不滓者也。推此志也，虽与日月争光可也。

屈平既绌⑧,其后秦欲伐齐,齐与楚从亲。惠王患之,乃令张仪佯去秦,厚币委质事楚,曰:"秦甚憎齐,齐与楚从亲⑨,楚诚能绝齐,秦愿献商于之地六百里。"楚怀王贪而信张仪,遂绝齐,使使如秦受地。张仪⑩诈之曰:"仪与王约六里,不闻六百里。"楚使怒去,归告怀王。怀王怒,大兴师伐秦。秦发兵击之,大破楚师于丹、淅⑪,斩首八万,虏楚将屈匄,遂取楚之汉中地。怀王乃悉发国中兵,以深入击秦,战于蓝田⑫。魏闻之,袭楚至邓⑬。楚兵惧,自秦归。而齐竟怒不救楚,楚大困。

　　明年,秦割汉中地与楚以和。楚王曰:"不愿得地,愿得张仪而甘心焉。"张仪闻,乃曰:"以一仪而当汉中地,臣请往如楚。"如楚,又因厚币用事者臣靳尚,而设诡辩于怀王之宠姬郑袖。怀王竟听郑袖,复释去张仪。是时屈平既疏,不复在位,使于齐,顾反,谏怀王曰:"何不杀张仪?"怀王悔,追张仪,不及。

　　其后诸侯共击楚,大破之,杀其将唐眜。

　　时秦昭王与楚婚,欲与怀王会。怀王欲行,屈平曰:"秦,虎狼之国,不可信。不如毋行。"怀王稚子子兰劝王行:"奈何绝秦欢?"怀王卒行。入武关⑭,秦伏兵绝其后,因留怀王以求割地。怀王怒,不听。亡走赵,赵不内。复之秦,竟死于秦而归葬。长子顷襄王立,以其弟子兰为令尹⑮。

　　楚人既咎子兰以劝怀王入秦而不反也;屈平既嫉之,虽放流,眷顾楚国,系心怀王,不忘欲反;冀幸君之一悟,俗之一改也。其存君兴国而欲反复之,一篇之中三致志焉。然终无可奈何,故不可以反。卒以此见怀王之终不悟也。

人君无愚、智、贤、不肖，莫不欲求忠以自为，举贤以自佐；然亡国破家相随属，而圣君治国累世而不见者，其所谓忠者不忠，而所谓贤者不贤也。怀王以不知忠臣之分，故内惑于郑袖，外欺于张仪，疏屈平而信上官大夫、令尹子兰。兵挫地削，亡其六郡，身客死于秦，为天下笑。此不知人祸也。

　　令尹子兰闻之，大怒，卒使上官大夫短屈原于顷襄王，顷襄王怒而迁之。

　　屈原至于江滨，被发行吟泽畔，颜色憔悴，形容枯槁。渔父见而问之曰："子非三闾大夫⑯欤？何故而至此？"屈原曰："举世皆浊而我独清，众人皆醉而我独醒，是以见放。"渔父曰："夫圣人者，不凝滞于物，而能与世推移。举世混浊，何不随其流而扬其波？众人皆醉，何不餔）其糟而啜其醨⑰？何故怀瑾握瑜，而自令见放为？"屈原曰："吾闻之，新沐者必弹冠，新浴者必振衣。人又谁能以身人察察，受物之汶汶者乎？宁赴常流而葬乎江鱼腹中耳，又安能以皓皓之白，而蒙世之温蠖⑱乎？"乃作《怀沙》之赋，于是怀石，遂自投汨罗以死。

　　屈原既死之后，楚有宋玉⑲、唐勒、景差之徒者，皆好辞而以赋见称；然皆祖屈原之从容辞令，终莫敢直谏。其后楚日以削，数十年，竟为秦所灭。

文学常识丛书

注　释

　　①楚之同姓：楚本姓芈（mǐ），楚武王熊通封他的儿子瑕于屈（今湖北秭归县东），他的后代就以屈为姓。瑕是屈原的祖先。

②楚怀王:楚威王的儿子,名熊槐。公元前328年至前299年在位。左徒:楚官名,职位仅次于令尹。

③上官大夫:楚大夫,上官是复姓。即下文的靳尚。

④《离骚》:我国第一篇由有具体姓名的诗人创作的长篇抒情诗,它也是屈原所有诗歌作品中最长的一首。离,通"罹",遭遇。骚,忧患。

⑤谤:陷害。

⑥帝喾(kù):相传为黄帝曾孙,号高辛氏。齐桓:即齐桓公,姓姜,名小白。汤:指商汤。武:指周武王。

⑦称物芳:屈原的作品多用芳草香花来比喻忠贞贤能的人。

⑧绌(chù):贬退、罢免。

⑨从(zòng)亲:从,通"纵",从亲即合纵相亲。当时楚、齐等六国联合抗秦,称为合纵。惠王:指秦惠王,公元前337—前311年在位。

⑩张仪:魏人,倡"连横",游说六国事奉秦国。详:通"佯"。委:呈献。质:通"贽",礼物。商:在今陕西商县东南。

⑪丹、淅(xī):二水名。丹水源出于陕西商县西北。淅水源于河南卢氏县,南流与丹水会合,屈匄(gài):楚大将军。汉中:今湖北西北部、陕西东南部一带。

⑫蓝田:在今陕西蓝田县西。

⑬邓:楚地,在今河南邓城东南。

⑭武关:秦国的南关,在今陕西商县东。

⑮令尹:楚官名,是楚国的最高行政长官。

⑯三闾大夫:掌管楚国王族昭、屈、景三姓事务的官。

⑰餔(bǔ):通"哺",食。糟:酒渣。歠(chuò):喝。醨(lí):薄酒。

⑱温蠖(huò):尘滓深厚的样子。一说昏聩。

⑲宋玉:屈原的学生,楚顷襄王时做过大夫,楚辞的主要作者之一,其

作品有《高唐赋》《笛赋》等。唐勒、景差(cuō)：与宋玉同时的词赋家，其作品早已失传。

译　文

屈原，名字叫平，是楚王的同姓。做楚怀王的左徒。他知识广博，记忆力很强，明了国家治乱的道理，擅长外交辞令。对内，同楚王谋划商讨国家大事，颁发号令；对外，接待宾客，应酬答对各国诸侯。楚王很信任他。

上官大夫和他职位相等，想争得楚王对他的宠爱，便心里嫉妒屈原的贤能。楚怀王派屈原制定国家的法令，屈原编写的草稿尚未定稿，上官大夫看见了，就想硬要走草稿，屈原不给。上官大夫就谗毁他说："君王让屈原制定法令，大家没人不知道的，每出一道法令，屈原就炫耀自己的功劳，说：'除了我，没有人能制定法令了'。"楚王听了很生气，因而疏远了屈原。

屈原痛心楚怀王听信谗言，不能分辨是非，诌媚国君的人遮蔽了楚怀王的明见，邪恶的小人危害公正无私的人，端方正直的人不被昏君谗臣所容，所以忧愁深思，就创作了《离骚》。"离骚"，就是遭遇忧愁的意思。上天，是人的原始；父母，是人的根本。人处境困难时，总是要追念上天和父母(希望给以援助)，所以劳累疲倦时，没有不呼叫上天的；病痛和内心悲伤时，没有不呼叫父母的。屈原正大光明行为正直，竭尽忠心用尽智慧来侍奉他的国君，却被小人离间，可以说处境很困难。诚信而被怀疑，尽忠却被诽谤，能没有怨愤吗？屈原作《离骚》，是从怨愤引起的。(他)远古提到帝喾，近古提到齐桓公，中古提道商汤、周武王，利用古代帝王这些事来讽刺当时社会。阐明道德的广大崇高，治乱的条理，没有不全表现出来的。他的文章简约，语言含蓄，他的志趣高洁，行为正直。就其文字来看，不过是寻常事情，但是它的旨趣是极大的，列举的虽是肯前事物，但是表达意思很深远。他的志趣高洁，所以作品中多用美人芳草作比喻；他的行为正直，所以至死不容于世。他自动地远离污泥浊水，像蝉脱壳那样摆脱污秽环境，以便超脱世俗之外，不沾染尘世的污垢，出于污泥而不染，依旧保持高洁的品德，推究这种志行，即使同日月争光都可以。

屈原已（被）免官，这以后秦国想进攻齐国，齐国与楚国联合抗秦。秦惠王以为这是忧患，便派张仪假装离开秦国，拿着丰厚的礼物送给楚国作为信物，表示愿意侍奉楚王，说："秦国很憎恨齐国，齐国却同楚国联合，如果楚国真能同齐国断绝外交关系，秦国愿意献上商于一带六百里地方。"楚怀王贪得土地就相信了张仪，于是同齐国绝交，派使者到秦国，接受秦国所允许割让的土地。张仪欺骗楚国使者说："我同楚王约定是六里的地方，没听说给六百里。"楚国的使者生气地离开，回来报告给楚怀王。怀王很生气，便大规模调动军队去打秦国。秦国派兵迎击楚国军队，在丹水、淅水，把楚军打得大败，杀死八万人，俘虏楚大将屈匄，于是夺取楚国的汉中地区。楚怀王就调动全国军队，深入秦地作战，在蓝田开战。魏国听说这消息，偷袭楚国邓地，楚军害怕了，从秦撤回。但是齐国始终怨恨楚国绝交，不救楚国，楚国处境十分困难。

第二年，秦国割还汉中土地来同楚国讲和。楚王说："不愿得到土地，希望得到张仪就甘心情愿了。"张仪听说了，就说："用一个张仪可抵当汉中土地，臣请求前往到楚国。"到楚国后，张仪又凭借丰厚的礼物贿赂楚国当权的大臣靳尚，还让他对怀王的宠妃郑袖编造了一套骗人的假话。怀王终于听信了郑袖的话，又放走了张仪。这时屈原已被疏远，又不在朝廷做官，出使到齐国，回来后，劝谏怀王说："为什么不杀张仪？"怀王后悔了，派人追赶张仪，没有追上。

在这以后，诸侯联合进攻楚国，把楚国打得大败，杀死楚国的大将唐眛。

这时秦昭王和楚国通婚，要同怀王会见。怀王打算去，屈原说："秦国是虎狼一样的国家，不可以相信。不如不去。"怀王的小儿子子兰劝楚王去："为什么要断绝和秦国的友好关系？"怀王终于去了。进入武关后，秦国的伏兵截断了归楚的后路。便扣留怀王来求得割让土地。怀王很生气，不答应。逃跑到赵国，赵国不敢接纳。又回到秦国，终于死在秦国，尸体被运回（楚国）埋葬。怀王的大儿子顷襄王继位做国君，用他的弟弟子兰做令尹。

楚国人全抱怨子兰，因为他劝说怀王去秦国却未回来；屈原也痛恨他，虽然被流放，仍然眷恋楚国，关心怀王，不忘祖国想返回朝中，希望君王能够一旦觉悟，楚国坏的习俗一旦改变。他关心君王振兴国家，想把楚国从衰弱的局势中挽救过来，在《离骚》一篇作品里再三表达这种意愿。然而终于无济于事，所以不能返回朝中，最后从这些事情看出怀王始终没有醒悟了。

做君王的无论愚昧的、聪明的、贤良的，不贤良的，没有不想得到忠臣来帮助自己做好国君，选拔贤良的人辅佐自己；但是亡国破家的事一件接着一件，而圣明治国的君主好几代都没见到过，正是他们所谓忠臣不忠，所谓贤人不贤。怀王因为不明白忠臣应尽的职责本分，所以在内为郑袖所迷惑，在外被张仪所欺骗，疏远屈原而相信上官大夫、令尹子兰。（结果）军队被打败，国土被割削，丢失汉中六个郡的地方，自己远离故国死在秦国，被天下人所耻笑。这就是不识人的祸害了。

令尹子兰听说屈原愤恨他的话后，很生气，马上派上官大夫在顷襄王面前诋毁屈原，顷襄王听了很生气，把屈原放逐出去。

屈原走到江边，披散着头发沿着水边边走边吟唱，脸色憔悴，形体和容貌都像干枯的树木一样。一个渔翁看见就问他说："您不是三闾大夫吗？为什么来到这里？"屈原说："全世混浊却只有我一人清白，大家都醉了却只有我一人清醒,因此被放逐。"渔翁说:"聪明贤哲的人,不被事物所拘束,而能顺随世俗的变化。全世上都混浊,为什么不顺着潮流推波助澜?众人都醉了,为什么不一同吃那酒糟喝那薄酒?为什么要保持高尚的节操志向,却使自己被放逐呢?"屈原说:"我听说,刚洗过头的人一定要用手弹去冠上的灰尘,刚洗过澡的人一定抖掉衣服上的尘土。一个人,谁又能用清净洁白的身体,去受脏物的污染呢?(我)宁愿跳入水中,葬身鱼腹,又怎能用高尚纯结的品德,去蒙受世上的尘垢呢?"于是写下了《怀沙》赋,便抱着石头,自己跳到汨罗江死了。

　　屈原死了以后,楚国(还)有宋玉、唐勒、景差一些人,都爱好文学,由于擅长写赋受到人们称赞;然而都效法屈原的委婉文辞,始终没有人敢于直谏。从这以后,楚国一天比一天缩小,几十年后,终于被秦国所灭亡。

绝妙佳句

举世皆浊而我独清,众人皆醉而我独醒。

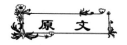

管晏列传

管仲夷吾者，颍上人也①。少时常与鲍叔牙游，鲍叔知其贤②。管仲贫困，常欺鲍叔，鲍叔终善遇之，不以为言③。已而鲍叔事齐公子小白，管仲事公子纠④。及小白立为桓公，公子纠死，管仲囚焉⑤。鲍叔遂进管仲⑥。管仲既用，任政于齐，齐桓公以霸，九合诸侯，一匡天下，管仲之谋也。

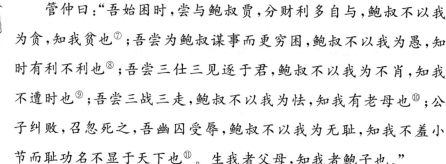

管仲曰："吾始困时，尝与鲍叔贾，分财利多自与，鲍叔不以我为贪，知我贫也⑦；吾尝为鲍叔谋事而更穷困，鲍叔不以我为愚，知时有利不利也⑧；吾尝三仕三见逐于君，鲍叔不以我为不肖，知我不遭时也⑨；吾尝三战三走，鲍叔不以我为怯，知我有老母也⑩；公子纠败，召忽死之，吾幽囚受辱，鲍叔不以我为无耻，知我不羞小节而耻功名不显于天下也⑪。生我者父母，知我者鲍子也。"

鲍叔既进管仲，以身下之⑫。子孙世禄于齐，有封邑者十余世，常为名大夫。天下不多管仲之贤而多鲍叔能知人也⑬。

管仲既任政相齐，以区区之齐在海滨，通货积财，富国强兵，与俗同好恶⑭。故其称曰："仓廪实而知礼节，衣食足而知荣辱，上服度则六亲固⑮。""四维不张，国乃灭亡⑯。""下令如流水之源，令顺民心。"故论卑而易行。俗之所欲，因而予之；俗之所否，因而去之⑰。

其为政也，善因祸而为福，转败而为功，贵轻重，慎权衡⑱。桓公实怒少姬，南袭蔡，管仲因而伐楚，责包茅不入贡于周室⑲。桓公实北伐山戎，而管仲因而令燕修召公之政⑳。于柯之会，桓公欲背曹沫之约，管仲因而信之，诸侯由是归齐㉑。故曰："知与之为取，政之宝也㉒。"

管仲富拟于公室，有三归、反坫，齐人不以为侈㉓。管仲卒，齐国遵其政，常强于诸侯。后百余年而有晏子焉㉔。

晏平仲婴者，莱之夷维人也㉕。事齐灵公、庄公、景公，以节俭力行重于齐㉖。既相齐，食不重肉，妾不衣帛㉗。其在朝，君语及之，即危言；语不及之，即危行㉘。国有道，即顺命；无道，即衡命㉙。以此三世显名于诸侯。

越石父贤，在缧绁中。晏子出，遭之途，解左骖赎之，载归㉚。弗谢，入闺久之，越石父请绝㉛。晏子然，摄衣冠谢曰："婴虽不仁，免子于厄，何子求绝之速也㉜？"石父曰："不然。吾闻君子诎于不知己而信于知己者。方吾在缧绁中，彼不知我也。夫子既已感寤而赎我，是知己；知己而无礼，固不如在缧绁之中㉝。"晏子于是延入为上客。

晏子为齐相，出，其御之妻从门间而窥其夫㉞。其夫为相御，拥大盖，策驷马，意气扬扬，甚自得也㉟。既而归，其妻请去。夫问其故。妻曰："晏子长不满六尺，身相齐国，名显诸侯。今者妾观其出，志念深矣，常有以自下者㊱。今子长八尺，乃为人仆御，然子之意自以为足，妾是以求去也㊲。"其后夫自抑损，晏子怪而问之，御以实对㊳。晏子荐以为大夫。

太史公曰：吾读管氏《牧民》《山高》《乘马》《轻重》《九府》，及《晏子春秋》㉝，详哉，其言之也！既见其著书，欲观其行事，故次其传㊵。至其书，世多有之，是以不论，论其轶事㊶。

管仲世所谓贤臣，然孔子小之㊷。岂以为周道衰微，桓公既贤，而不勉之至王，乃称霸哉㊸？语曰："将顺其美，匡救其恶，故上下能相亲也㊹。"岂管仲之谓乎？

方晏子伏庄公尸哭之，成礼然后去㊺，岂所谓"见义不为，无勇"者邪㊻？至其谏说，犯君之颜，此所谓"进思尽忠，退思补过"者哉㊼！假令晏子而在，余虽为之执鞭，所忻慕焉㊽。

注 释

①管仲(？—公元前645年)：名夷吾，字仲，谥敬，也叫管敬仲。颍(yǐng)上：今安徽颍上县南。颍是水名，颍上是地名。

②鲍叔牙：也叫鲍叔，齐国大夫。贤：有杰出才能。

③不以为言：不以此为话柄，不因为这个而说坏话。

④公子小白：即后来的齐桓公，姓姜，名小白，齐襄公之弟。公子纠：齐襄公之弟。

⑤襄公无道：鲍叔奉小白奔莒，管仲、召忽二人奉纠奔鲁。襄公死后，小白抢先回齐，取得政权，称齐桓公，并使鲁国杀死企图争位的公子纠，把管、召二人押送回齐。召忽自杀，管仲请坐囚车回到齐国。焉：兼词，代齐，又表句末语气。

⑥进：推荐，保举。

⑦贾(gǔ)：坐地经商。

⑧谋事：谋划事情。穷困：窘迫，困窘。

⑨仕：做官。见逐于君：被国君免职逐退。不肖：没有才干。遭时：遇到好时机。

⑩走：逃跑。怯：胆小。

⑪死之：为之死。之：代公子纠。无耻：没有羞耻之心。羞小节：以小节为羞。耻：意动用法，认为⋯⋯可耻。

⑫以身下之：把自己的职位放在他的下面。

⑬多：称赞，颂扬。

⑭任政：执掌国政。相齐：当齐国宰相。以：凭借。区区：小小的。通货积财：流通货物，积聚钱财。俗：民俗，这儿指老百姓。

⑮称：说。仓廪(lǐn)：谷仓叫仓，米仓叫廪，泛指粮食仓库。上：君主。服度：遵守法度。六亲，父、母、兄、弟、妻、子。固：这儿指和睦安定，互相团结。

⑯四维：礼、义、廉、耻。维：本是大绳，这儿引申指国家的纲纪。张：伸张，发扬。

⑰论：论述的道理。卑：浅显。俗：民俗，指老百姓。因：顺着。去：废除

⑱其为政也：管仲处理国家的政事。因祸而为福：利用祸事而转变为好事。轻重：指事情的轻重缓急。权衡：斟酌比较。

⑲实：事实上，实际上。怒少姬：因少姬之事而发怒。少姬，齐桓公的夫人，蔡国人。公元前657年，齐桓公曾与少姬在苑囿的鱼池中乘舟，少姬故意摇晃小舟，齐桓公很害怕，脸色都变了；桓公叫她不要摇，她不听。桓公大怒，就把她送回了蔡国，但没有断绝关系。蔡国却让少姬改嫁他人。齐桓公十分恼火，就在第二年发兵攻蔡。此事《左传·僖公三年、四年》有记载。因：乘机。包茅：成束的青茅，楚地特产，是周王室祭祀时的必需之物，一向是楚国所贡。管仲利用攻蔡的机会去攻打楚国，而以"包茅不入贡

于周室"为理由,是为了表示齐国不是为了少姬之事、而是为了周王室的利益才用兵的(蔡国在今河南省,是楚国的盟国),表现了管仲的智慧。

⑳山戎:又称北戎,在今河北北部。公元前663年,山戎伐燕(yān),齐桓公救燕,北伐山戎。修:整治实施。召(shào)公:又称召康公,周文王的儿子,周武王的弟弟,姓姬,周成王时任太保,封于召:是燕的始祖政,政令。

㉑柯之会:公元前681年,齐桓公与鲁庄公在柯(今山东阳谷县东)会盟。曹沫(huì)之约:曹沫(又作曹刿)是鲁将,在柯之会上,他以剑劫持齐桓公,迫使齐桓公允诺归还被齐侵占的汶阳之田。《公羊传·庄公十三年》对此作了详尽描述。后来,齐桓公想背约,管仲劝他实践诺言以取信于世人,终于使"桓公之信,著于天下"。

㉒知与之为取:懂得给予是为了取得。之:结构助词(也有人看做连词),用于主谓之间,起"取消独立性"的作用,使主谓词组成为动词"知"的宾语。

㉓拟:比,类似。三归:即管仲所筑的三归台,是供游览的台观。反坫(diàn):反爵之坫。坫是放置酒杯的土台,在堂中两个柱子之间。互相敬酒后,把空爵反置在坫上,是周代诸侯宴会之礼。《论语》:"邦君为两君之好,有反坫;管氏(管仲)亦有反坫。"

㉔晏子(? —公元前500年):即晏婴,字仲,谥平。

㉕莱:古国名,在今山东省黄县东南,公元前567年被齐所灭。夷维:即今山东省高密县。

㉖力行:努力做事。重于齐:为齐所重,受齐国人敬重。

㉗重(chóng)肉:有重复的肉食,即有两种肉菜。

㉘危言:不畏危难而直言。危行:正直行事。

㉙顺命:遵命行事。衡命:权衡利弊斟酌办事。

㉚越石父:齐国的贤士。缧绁(léixiè):捆绑犯人的绳子。左骖(cān):马

车左边的马。

㉛弗谢：没有告辞，主语"晏婴"省略。谢：告辞。闺（guī）：内室的小门。久之：很长时间，"之"是助词，凑足音节。绝：断绝交往。

㉜子（jué）然：惊异的样子。摄：整理。谢：道歉。厄（è）：危难。

㉝诎（qū）：屈。信：通"伸"。感寤：有所感而觉悟。寤：通"悟"。御：驾驭车马的人。

㉞门间：门缝。窥（kuī）：从小孔或缝隙里偷看。

㉟拥：持。大盖：大的车盖。策：马鞭，用作动词，挥鞭赶车。

㊱去：离开，离去。志念：思虑。自下：使自己处于别人之下。

㊲乃：却。

㊳抑损：谦卑。怪：感到奇怪。

㊴《牧民》《山高》《乘马》《轻重》《九府》，都是《管子》中的篇名。《晏子春秋》，后人托名晏子作，内容是记载晏子的言行事迹。

㊵其著书：即"其所著书"，他们所写的书。行事：所做的事情，事迹。次：编次，编写。

㊶轶（yì）事：同"逸事"，不见于记载的事情。

㊷孔子小之："小"用作意动，意即看不起。《论语·八佾》："子曰：'管仲之小哉！'"

㊸王：指王道，即以仁义治天下，与以武力征服天下的"霸道"相对。

㊹这三句引言见《孝经·事君》，原文是："子曰：'君子之事上也，进思尽忠，退思补过，将顺其美，匡救其恶，故上下能相亲也。'"

㊺"晏子伏庄公尸哭之，成礼然后去"一事，见《左传·襄公二十五年》。齐庄公与齐大夫崔杼的妻子棠姜私通，崔杼杀了庄公。晏婴进了崔家之门，把庄公的尸体枕在自己的大腿上痛哭，然后站起身来，连踔了几次脚，尽了君臣之礼，才离开。

⑯"见义不为,无勇":是《论语·为政》中孔子说的话。

⑰犯君之颜:冒犯君主的威严。"进思尽忠,退思补过":是《孝经·事君》中的话,参见本文注。

⑱虽:即使。执鞭:拿着马鞭子赶车,也就是做驾马车的车夫。忻慕:高兴钦慕。

译文

管仲,名叫夷吾,是颍上人。他年轻时常常和鲍叔牙交往,鲍叔知道他很有才干。那时管仲家境贫寒,(分财利时)他时常欺负鲍叔牙,而鲍叔却始终好好地对待他,并不因此而说他的坏话。后来,鲍叔侍奉齐国的公子小白,管仲侍奉公子纠。等到小白立为桓公以后,公子纠死了,管仲被囚车送到齐国。鲍叔牙就向桓公举荐管仲。管仲被重用之后,在齐国执政,桓公以此成就霸业,多次会合诸侯,一举匡正天下,都是管仲的计谋。

管仲说:"我当初贫困的时候,曾经同鲍叔一起做生意,分钱财时,往往自己多分,鲍叔却并不认为我贪财,因为他知道我家里穷。我曾经为鲍叔谋划事情,结果却弄得更加困窘,鲍叔却并不认为我愚笨,因为他知道时运有顺利和不顺利的时候。我曾经三次做官又三次被国君免职,鲍叔却并不认为我没才干,因为他知道我没遇到好时机。我曾经三次参加战斗三次逃跑,鲍叔却并不认为我怯懦,因为他知道我有个老母。公子纠败亡,召忽为他而死,我却宁愿被囚禁,甘心受屈辱,鲍叔却并不认为我没有羞耻之心,因为他知道我不以小节为可羞而以不能在天下显扬功绩和名声为耻辱。生养我的人是父母,真正了解我的人是鲍叔啊。"

鲍叔推荐管仲担任宰相以后,自己情愿位居管仲之下。他的子孙世世代代在齐国享受俸禄,得到封地的人有十几代,常常是有名的大夫。天下

的人不称赞管仲的贤能,却称赞鲍叔能够了解人。

管仲执掌国政担任齐国的宰相以后,他凭借着地处海滨的小小齐国,流通货物,积贮财富,使国家富足,军队强盛,处理事情能跟老百姓同好恶。所以他说:"仓库储备充实了,老百姓才能懂得礼节;衣食丰足了,老百姓才能分辨荣辱;国君如果能遵守法度,六亲就会和睦团结。""礼、义、廉、耻这四大纲纪不能发扬,国家就要灭亡。""发布命令要像流水的源头,让它顺应民心。"所以管仲所讲的道理很浅显,但很容易实行。老百姓所要求的,管仲就顺应民心给予他们;老百姓所反对的,管仲就顺应民心废除它。

管仲处理国家的政事,善于利用祸事而变为好事,使失败转化为成功。他重视事情的轻重缓急,慎重地进行权衡比较。齐桓公的确是因少姬之事发怒才南下袭击蔡国的,而管仲却趁机去攻打楚国,责备楚国不向周王室进贡包茅。桓公确实是向北出兵攻打山戎的,而管仲却趁机责令燕国整治实施召公时的政令。齐桓公在柯地与鲁国会盟,后来又想背弃亲口允诺曹沫归还汶阳之田的盟约,而管仲却趁机规劝桓公履行条款从而使天下人都相信齐国,因此诸侯都归附齐国。所以说:"懂得给予就是为了更好地取得的道理,这是治理国家的法宝。"

管仲的富有可以同国君相比,他建筑了三归台,堂上设立了放置酒杯的坫,可是齐国人并不认为他奢侈。管仲死后,齐国继续推行他的政令,时常比别的诸侯都强大。此后过了百余年齐国又出了个晏子。

晏平仲,名婴,是齐国莱地夷维人。他侍奉齐灵公、庄公、景公三代,凭着他的节省俭朴,努力做事,为齐人所敬重。他当了齐国宰相以后,吃饭从来没有两盘有肉的菜,侍妾不穿绸缎衣服。他在朝上时,国君有话问到他,他就直言回答;无话问到他,他就正直地做事。国家的政治清明,他就遵从政令行事;国家的政治不清明,他就权衡利弊斟酌办事。因此,他能历仕灵公、庄公、景公三代,名扬诸侯。

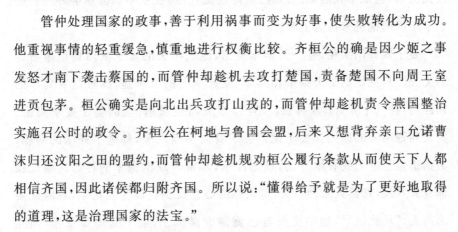

越石父是个贤能的人，他因犯罪而被绳索捆绑押送。晏子外出，在路上遇到了他，晏子就解下车子左边驾车的马为他赎罪，同他一起坐车回家。晏子没有向越石父告辞，就走进内室好长时间，越石父就请求同他绝交。晏子大吃一惊，急忙整好衣冠道歉说："我虽然没有仁德，可是我把您从危难中解救出来，您为什么提出绝交这么快呢？"越石父说："不是这样。我听说君子在不了解自己的人那里受到屈辱，但在了解自己的人面前受到尊重。当我处在绳索捆绑之中时，那些人是不了解我的。你既然觉悟到了并赎我出来，这就是我的知己；知己而待我无礼，那我还不如被捆绑好呢！"晏子于是就请他进来待为上客。

晏子做齐国宰相，有一天坐车外出，他的车夫的妻子从门缝里偷看她的丈夫。只见她的丈夫给宰相驾车，支起车上的大伞盖，挥鞭赶着驾车的四匹马，神气十足，非常得意。不久，车夫回到家里，他的妻子要求离去。丈夫问她离去的原因。妻子说："晏子身高不满六尺，却做了齐国的宰相，名扬诸侯。今天我看他外出，思虑深沉，常常表现出谦卑的神态。而现在你身高八尺，却给人家做车夫，可是你的心意反倒自以为满足了，我因此要求离去。"从此以后，她的丈夫自己就谦虚谨慎了，晏子觉得很奇怪，便问他，车夫如实相告。晏子便推荐他做了大夫。

太史公说：我读了管子的《牧民》《山高》《乘马》《轻重》《九府》，又读了《晏子春秋》，他们的言论记载得很详尽啊。读了他们的著作以后，还想观察他们的行为，所以就编列了他们的传记。至于他们的著作，社会上已有很多，所以不再论及，只记载他们的逸事。

管仲是世人所说的有才干的大臣，可是孔子却小看他。难道是因为孔子认为周朝政治衰微，桓公既然贤明，而管仲并没有勉励他行王道，竟然辅佐他成了霸主吗？古语说："顺从君王的美善之举，匡正君王的过失错误，就能使君臣相亲。"这难道就是说的管仲吗？

文学常识丛书

当晏子伏在庄公的尸体上大哭，尽了君臣之礼离开的时候，难道就是人们所说的"遇见坚持正义的机会，却不去做，就是没有勇气"的人吗？至于他的进谏，敢于冒犯君主的威严，这就是人们所说的"上了朝就想竭尽忠心，退了朝就想弥补过失"的人啊！假使晏子还活着，我就算是给他拿着马鞭赶车，也是高兴钦慕的。

管仲——将顺其美，匡救其恶，故上下能相亲也。

晏子——以节俭力行重于齐，食不重肉，妾不衣帛。

逝者如斯

吴起列传

　　吴起者，卫人也，好用兵。尝学于曾子①，事鲁君。齐人攻鲁，鲁欲将吴起，吴起取齐女为妻②，而鲁疑之。吴起于是欲就名③，遂杀其妻，以明不与齐也④。鲁卒以为将。将而攻齐，大破之。

　　鲁人或恶吴起曰⑤："起之为人，猜忍人也⑥。其少时，家累千金，游仕不遂⑦。遂破其家。"乡党笑之⑧，吴起杀其谤己者三十余人，而东出卫郭门⑨。与其母诀⑩，啮臂而盟曰⑪："起不为卿相，不复入卫。"遂事曾子。居顷之，其母死，起终不归。曾子薄之⑫，而与起绝⑬。起乃之鲁，学兵法以事鲁君。鲁君疑之，起杀妻以求将。夫鲁小国，而有战胜之名，则诸侯图鲁矣⑭。且鲁卫兄弟之国也⑮，而君用起，则是弃卫。鲁君疑之，谢吴起⑯。

　　吴起于是闻魏文侯贤，欲事之。文侯问李克曰："吴起何如人哉？"李克曰："起贪而好色⑰，然用兵司马穰苴不能过也。"于是魏文侯以为将，击秦，拔五城⑱。

　　起之为将，与士卒最下者同衣食。卧不设席，行不骑乘，亲裹赢粮⑲，与士卒分劳苦。卒有病疽者⑳，起为吮之㉑。卒母闻而哭之。人曰："子卒也，而将军自吮其疽，何哭为。"母曰："非然也㉒。往年吴公吮其父，其父战不旋踵㉓，遂死于敌。吴公今又吮其子，妾不知其死所矣。是以哭之。"

文侯以吴起善用兵,廉平㉔,尽能得士心,乃以为西河守,以拒秦、韩。

魏文侯既卒,起事其子武侯。武侯浮西河而下㉕,中流㉖,顾而谓吴起曰:"美哉乎山河之固,此魏国之宝也!"起对曰:"在德不在险㉗。昔三苗氏左洞庭,右彭蠡,德义不修㉘,禹灭之。夏桀之居,左河济,右泰华,伊阙在其南,羊肠在其北,修政不仁,汤放之㉙。殷纣之国,左孟门,右太行,常山在其北,大河经其南,修政不德,武王杀之。由此观之,在德不在险。若君不修德,舟中之人尽为敌国也㉚。"武侯曰:"善。"

(即封)吴起为西河守,甚有声名。魏置相,相田文。吴起不悦,谓田文曰:"请与子论功,可乎?"田文曰:"可。"起曰:"将三军,使士卒乐死,敌国不敢谋,子孰与起㉛?"文曰:"不如子。"起曰:"治百官,亲万民,实府库,子孰与起?"文曰:"不如子。"起曰:"守西河而秦兵不敢东乡㉜,韩赵宾从㉝,子孰与起?"文曰:"不如子。"起曰:"此三者,子皆出吾下,而位加吾上㉞,何也?"文曰:"主少国疑㉟,大臣未附,百姓不信,方是之时,属之于子乎㊱?属之于我乎?"起默然良久,曰:"属之子矣。"文曰:"此乃吾所以居子之上也。"吴起乃自知弗如田文。

田文既死,公叔为相,尚魏公主㊲,而害吴起㊳。公叔之仆曰:"起易去也。"公叔曰:"奈何?"其仆曰:"吴起为人节廉而自喜名也㊴。君因先与武侯言曰:'夫吴起贤人也,而侯之国小,又与强秦壤界㊵,臣窃恐起之无留心也。'武侯即曰:'奈何?'群因谓武侯曰:'试延以公主㊶,起有留心则必受之,无留心则必辞矣。以此卜之㊷。'君因召吴起而与归,即令公主怒而轻君㊸。吴起见公主之贱君也㊹,则必辞。"于是吴起见公主之贱魏相,果辞魏武侯。武侯疑之而弗信也㊺。吴起惧得罪,遂去,即之楚。

楚悼王素闻吴起贤,至则相楚。明法审令㊻,捐不急之官㊼,废公族疏远者㊽,以抚养战斗之士。要在强兵㊾,破驰说之言纵横者㊿。于是南平百越;北并陈蔡,却三晋[51];西伐秦。诸侯患楚之强。

太史公曰:世俗所称师旅[52],皆道《孙子》十三篇,吴起《兵法》,世多有,故弗论,论其行事所旋设者[53]。语曰[54]:"能行之者未必能言,能言之者未必能行。"孙子筹策庞涓明矣[55],然不能蚤救患于被刑[56]。吴起说武侯以形势不如德,然行之于楚,以刻暴少恩亡其躯[57]。悲夫!

注 释

①尝:曾经。

②取:同"娶"。

③就名:成就名声。就,完成。

④不与齐:不亲附齐国。与,亲附。

⑤或:有的人。恶:诋毁,说坏话。

⑥猜忍:猜疑而残忍。

⑦游仕:外出谋求作官。遂:遂心、如愿。

⑧乡党:乡里。《周礼》二十五家为闾,四闾为族,五族为党,五党为州,五州为乡。

⑨郭门:古代外城城门。

⑩诀:决绝、长别。

⑪啮(niè)臂而盟:咬胳膊发誓。

⑫薄:轻视,瞧不起。

⑬绝:断绝关系。

⑭图:算计,谋取。

⑮鲁卫兄弟之国:鲁卫两国皆出姬姓,所以叫兄弟之国。

⑯谢:疏远而不信任。

⑰贪:贪恋。此指贪求成就名声。

⑱拔:攻克,夺取。

⑲赢(yíng)粮:剩余的军粮。

⑳病疽:患毒疮病。

㉑吮(shǔn):聚拢嘴唇吸,嘬。

㉒非然也:不是这么说啊。意思说,不是为其子受宠而哭。

㉓旋踵(huái):快得看不见脚跟转动。旋,旋转。踵,脚跟。

㉔廉平:廉洁不贪,待人公平。

㉕浮西河而下:从西河泛舟,顺流而下。浮,泛舟。

㉖中流:水流的中央。

㉗这一句的意思是说,要使国家政权稳固,在于施德于民,而不在于地理形势的险要。

㉘德义不修:不施德政,不讲信义。

㉙放:放逐。

㉚这一句的意思是说,同舟共济的人,也会都变成敌人。敌国,仇敌。

㉛子孰与起:您跟我比,哪一个更好。孰与,与……比,哪一个……

㉜不敢东乡:不敢向东侵犯。乡,同"向"。面对着。

㉝宾从：服从、归顺。实为结成同盟。

㉞加：任，居其位。

㉟主少国疑：国君年轻，国人疑虑。

㊱属：同“嘱”。委托、托付。

㊲尚：匹配。古代臣娶君之女叫尚。

㊳害：畏忌。

㊴节廉而自喜名：有骨气而又好名誉声望。节，气节、节操。廉，锋利、有棱角。

㊵壤界：国土相连。

㊶延：聘请，邀请。这句的意思是说，用请吴起娶魏公主的办法探试。

㊷卜：判断、推断的意思。

㊸轻：鄙薄，轻视。

㊹贱：蔑视。

㊺弗信：不信任。

㊻明法：使法规明确，依法办事。审令：令出必行。审，察。

㊼捐不急之官：淘汰裁减无关紧要的冗员。捐，弃置。

㊽这一句的意思是，把疏远的王族成员的按例供给停止了。

㊾要：致力于。

㊿破：揭穿，剖析。驰说：往来奔走的游说。纵横：齐、楚、赵、韩、魏、燕六国形成南北关系的纵线联合，用以抵抗秦国，叫合纵；六国分别与秦国形成东西关系的联盟，叫连横。

(51)却：打退。

(52)称：称道，称誉。师旅：古代军制以二千五百人为师，五百人为旅，因以师旅作为军队的通称。

(53)施设：设施、安排。

(54)语曰：常言道，俗话说。

(55)筹策：谋划。

(56)这一句的意思是说，却不能提前自免于砍断两足的苦刑。蚤：通“早”。

(57)刻暴少恩：指前文“捐不急之官，废公族疏远者”。刻，刻薄。少恩，少施恩惠。亡：丧送。

译文

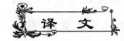

吴起，卫国人，喜欢用兵打仗的事情。曾经在曾申的门下读书，后来侍奉鲁国的君主。有一年，齐国军队进攻鲁国，鲁穆公想用吴起为将率军抵抗，由于吴起的妻子是齐国人，因而鲁国人怀疑他，吴起为了成名立业，就把他的妻子杀死，借此证明他与齐国没有联系。鲁君便任吴起为将。吴起率领鲁军抗击齐国，大败齐军。

鲁国有人向国君说吴起的坏话，说：“吴起的为人，是个生性猜疑残酷的人。他年轻的时候，家里富裕累积千金，因奔走各国谋求做官没有成功，结果家道破落。”同乡同族的人讥笑他，吴起便杀死了毁谤他的三十余人，从卫都外城的东门出走。离家前，他与母亲诀别，咬开手臂向母亲发誓说：“我如不当上卿、相，决不再回卫国来。”于是奉事在曾子门下，过了不久，他的母亲去世，吴起始终不回家奔丧。曾子很鄙视他，并且与他断绝师生联系。吴起这才到鲁国，学习兵法，以便侍奉鲁君。鲁君怀疑他，吴起便杀死妻子，以此求得为将。但鲁是个小国，有了打败齐国的名声，各国诸侯就会图谋鲁国了。况且鲁、卫实属兄弟之国，君主重用吴起，那就是抛弃卫国。由此引起了鲁君的怀疑，辞退了吴起。

吴起听说魏文侯贤明，很想为他出力。魏文侯问魏相李克说：“吴起的为人怎么样?"李克回答说:"吴起贪慕功名而且好色,然而带兵打仗司马穰苴也超不过他。"魏文侯于是用吴起为将,进攻秦国,攻取了五座城邑。

吴起担任将领,能与士卒中地位最低下的人同穿一样的衣服,吃一样的饭食。睡觉时不铺设席子,行军时不骑马,不乘车,亲自包裹背负军粮,与士卒分担艰难困苦。士卒中有个患毒疮病的人,吴起用嘴替他吮出脓血。这个士卒的母亲听到此事后,大哭起来。有人问他说:"你的儿子是个士卒,吴将军亲自替他吮脓血,你为何啼哭呢?"士卒的母亲说:"不是因为这个啊!以前,也是吴将军为他父亲吮过毒疮的脓血,他父亲就在作战时有进无退,终于战死在敌阵之中。吴将军现在又为他的儿子吮脓血,我不知道他又将死在哪里,所以悲伤地哭起来!"

魏文侯认为吴起善于用兵,廉洁、公平,完全得到士卒的欢心,于是派他担任西河守的官职,以便抵御秦国和韩国。

魏文侯死后,吴起便侍奉他的儿子武侯。有一次,魏武侯乘船沿西河顺流而下,驶至西河中段,回头对吴起说:"多么壮美啊!山河的险固,这是魏国最为宝贵的!"吴起回答说:"在于德政,不在于山河的险固。从前,三苗氏部落,左边是洞庭湖的水,右边是彭蠡湖的波涛,由于部落首领不修好仁德、礼义,大禹灭亡了他。夏桀统治的地区,左临黄河、济水,右靠泰山、华山、伊阙山在它的南面,羊肠在它的北面,因治理国政不仁,成汤起兵将他放逐。殷纣王的国家,左傍孟门山,右依太行山,常山在它的北面,黄河流经它的南面,因修政不仁,周武王杀死了他。从这些看来,在于德政,不在河山的险固。如果君主不修治德政,这只船中的人都会成为敌国的人了。"武侯说:"讲得好!"

(立即任命)吴起继续担任西河守的官职,而且吴起的名气也更大了。魏国设置相职,任命田文为相。吴起心里很不高兴,对田文说:"我请求和您讨论功劳的大小,可以吗?"田文回答说:"可以"。吴起说:"统帅三军,能

使士卒乐意死战,敌国不敢图谋我国,您与我哪个的功劳大?"田文回答说:
"我不如您。"吴起说,"治理百官,使万民亲近,充实府库,您与我那个的功
劳大?"田文回答说:"我不如您。"吴起说:"防守西河,而使秦国的军队不敢
向东进攻,韩国、赵国像宾客一样地归服魏国,您与我哪个的功劳大?"田文
回答说:"我不如您。"吴起说:"这三点,您都屈居我以下,而职位却居我之
上,这是什么原因呢?"田文回答说:"君主年少,国家还不稳定,大臣们尚未
依附,还没有取得百姓的信任,正在这个时候,相位属于您,还是属于我
呢?"吴起沉思了好久,说:"应该属于您啊!"田文说:"这就是我职位居您之
上的原因。"吴起才知道自己不如田文。

　　田文死后,公叔担任魏相,娶魏公主为妻,很妒忌吴起。公叔的仆人
说:"要吴起离开魏国很容易。"公叔说:"有什么办法?"他的仆人说:"吴起
的为人节俭、清廉,但喜好名声。您在先前曾对武侯说:'吴起是个有贤德
的人,但武侯的国家小,又同强大的秦国接壤交界,我心里惟恐吴起没有留
在魏国之心。'武侯马上说:'怎么办?'您乘机对武侯说:'可以由公主试探
他是否能留在魏国,吴起有留在魏国的心就会接受,无留魏之心就会谢辞。
用这个办法可以推断他有无留心。'您可召见吴起一同到家里,并故意令公
主发怒,以鄙视您。吴起见公主看不起自己的丈夫,那必然会辞去。"于是
吴起看到魏公主蔑视魏相,果然辞别魏武侯。武侯因此怀疑吴起,不再信
任他了。吴起害怕武侯加罪,便离开魏国,随即到了楚国。

　　楚悼王向来听说吴起贤德,吴起到楚后,便命他为楚相(令尹)。吴起
依法办事,令出必行,裁减无关紧要的官吏,废除远房公族宗室的供养,以
抚养为国作战的将士。首要的是使楚国的军队强大,斥退那些假借合纵连
横来游说的人。于是取得了南面平定百越,北面吞并陈国、蔡国,打败三晋
(韩,赵,魏),西面攻伐秦国的胜利。各国诸侯都害怕楚国的强大。但是,
楚国的贵族及宗室亲戚却想谋害吴起。到楚悼王死时,宗室大臣发动叛乱

围攻吴起,吴起逃向停放悼王尸体的地方,伏在王尸上。攻击吴起的暴徒用箭射杀吴起,并且也射中了王尸。悼王葬礼完后,太子臧(楚肃王)即位,于是派令尹全部诛杀乱射吴起又中王尸的旧贵族。灭公族、宗室因犯射杀吴起中王尸之罪的有七十多家。

司马迁评论说:人们所称誉用兵打仗的道理,都说《孙子》十三篇,《吴起兵法》,到处都能看到,所以就不必谈论了,这里只是评论他们的生平事迹和所涉及到的情况。俗话说:"能做得到的人,未必能讲出道理来,能讲出道理来的人,未必能做得到。"孙膑能估计出庞涓的作战行动,可算得英明啦!但是他却不能预计和避免刖足的苦刑。吴起劝说魏武侯,不要看重山河的险固,要重视修明德政,然而到了楚国,推行了一套裁减官吏、损害公族的办法,却葬送了自己的生命。真是可叹啊!

绝妙佳句

能行之者未必能言,能言之者未必能行。

作者简介

班固(公元 32—92 年),东汉的历史学家和文学家,扶风安陵(陕西咸阳东北)人。他从小就很聪明,文采出众。他的父亲班彪死后,在回乡为父亲守孝期间,开始整理父亲的著作《史记后传》,决心在父亲著作的基础上写《汉书》。汉明帝很欣赏他的才能,让他完成他父亲的著作。班固坚持了 20 多年,终于写成了《汉书》,书中详细地记载了西汉的历史。另外,他撰写的《两都赋》在中国文学史上也有很高的地位。

霍光传(节选)

霍光字子孟,票骑将军去病弟也①。父中孺,河东平阳人也②,以县吏给事平阳侯家,与侍者卫少儿私通而生去病。中孺吏毕归家,娶妇生光,因绝不相闻。久之,少儿女弟子夫得幸于武帝③,立为皇后,去病以皇后姊子贵幸。既壮大,乃自知父为霍中孺,未及求问,会为票骑将军击匈奴,道出河东,河东太守郊迎,负弩矢先驱至平阳传舍④,遣吏迎霍中孺。中孺趋入拜谒,将军迎拜,因跪曰:"去病不早自知为大人遗体也。"中孺扶服叩头⑤,曰:"老臣得托命将军,此天力也。"去病大为中孺买田宅奴婢而去。还,复过焉,乃将光西至长安,时年十余岁,任光为郎⑥,稍迁诸曹侍中⑦。去病死后,光为奉车都尉光禄大夫⑧,出则奉车,入侍左右,出入禁闼二十余年,小心谨慎,未尝有过,甚见亲信。

征和二年⑨,卫太子为江充所败⑩,而燕王旦、广陵王胥皆多过失⑪。是时上年老,宠姬钩弋赵倢伃有男⑫,上心欲以为嗣,命大臣辅之。察群臣唯光任大重,可属社稷⑬。上乃使黄门画者画周公负成王朝诸侯以赐光⑭。后元二年春⑮,上游五柞宫⑯,病笃,光涕泣问曰:"如有不讳⑰,谁当嗣者?"上曰:"君未谕前画意邪?立少子,君行周公之事。"上以光为大司马大将军,日磾为车骑将军⑱,及太仆上官桀为左将军⑲,搜粟都尉桑弘羊为御史大⑳,皆拜

卧内床下，受遗诏辅少主。明日，武帝崩，太子弗尊尊号，是为孝昭皇帝。帝年八岁，政事一决于光。遗诏封光为博陆侯㉑。

光为人沉静详审，长财七尺三寸㉒，白皙，疏眉目，美须髯。每出入下殿门，止进有常处，郎仆射窃识视之㉓，不失尺寸，其资性端正如此。初辅幼主，政自己出，天下想闻其风采。殿中尝有怪，一夜群臣相惊，光召尚符玺郎㉔郎不肯授光。光欲夺之，郎按剑曰："臣头可得，玺不可得也！"光甚谊之㉕。明日，诏增此郎秩二等㉖。众庶莫不多光㉗。

光与左将军桀结婚相亲，光长女为桀子安妻㉘，有女年与帝相配㉙，桀因帝姊鄂邑盖主内安女后宫为倢伃㉚，数月立为皇后。父安为票骑将军，封桑乐侯。光时休沐出，桀辄入代光决事。桀父子既尊盛，而德长公主。公主内行不修，近幸河间丁外人。桀、安欲为外人求封，幸依国家故事以列侯尚公主者，光不许。又为外人求光禄大夫，欲令得召见，又不许。长主大以是怨光。而桀、安数为外人求官爵弗能得，亦惭。自先帝时，桀已为九卿㉛，位在光右。及父子并为将军，有椒房中宫之重㉜，皇后亲安女，光乃其外祖，而顾专制朝事，由是与光争权。

燕王旦自以昭帝兄，常怀怨望。及御史大夫桑弘羊建造酒榷盐铁㉝，为国兴利，伐其功㉞，欲为子弟得官，亦怨恨光。于是盖主、上官桀、安及弘羊皆与燕王旦通谋，诈令人为燕王上书，言光出都肆羽林㉟，道上称㊱，太官先置；又引苏武前使匈奴㊲，拘留二十年不降，还乃为典属国㊳，而大将军长史敞亡功为搜粟都尉㊴；又擅调益莫府校尉㊵；光专权自恣，疑有非常，臣旦愿归符玺，入宿卫，察奸臣变。候司光出沐日奏之。桀欲从中下其事，桑弘羊当与诸大臣共执退光。书奏，帝不肯下。

明旦，光闻之，止画室中不入㊶。上问："大将军安在？"左将军桀对曰："以燕王告其罪，故不敢入。"有诏召大将军。光入，免冠顿首谢，上曰："将军冠。朕知是书诈也，将军亡罪。"光曰："陛下何以知之？"上曰："将军之广明㊷，都郎属耳。调校尉以来未能十日，燕王何以得知之？且将军为非，不须校尉。"是时帝年十四，尚书左右皆惊㊸，而上书者果亡，捕之甚急。桀等惧，白上："小事不足遂。"上不听。

后桀党与有谮光者，上辄怒曰："大将军忠臣，先帝所属以辅朕身，敢有毁者坐之。"自是桀等不敢复言，乃谋令长公主置酒请光，伏兵格杀之，因废帝，迎立燕王为天子。事发觉，光尽诛桀、安、弘羊、外人宗族。燕王、盖主皆自杀。光威震海内。昭帝既冠，遂委任光，迄十三年，百姓充实，四夷宾服。

元平元年㊹，昭帝崩，亡嗣。武帝六男独有广陵王胥在，群臣议所立，咸持广陵王。王本以行失道，先帝所不用。光内不自安。郎有上书言："周太王废太伯立王季㊺，文王舍伯邑考立武王㊻，唯在所宜，虽废长立少可也。广陵王不可以承宗庙。"言合光意。光以其书视丞相敞等㊼，擢郎为九江太守㊽，即日承皇太后诏㊾，遣行大鸿胪事少府乐成、宗正德、光禄大夫吉、中郎将利汉迎昌邑王贺㊿。

贺者，武帝孙，昌邑哀王子也[51]。既至，即位，行淫乱。光忧懑，独以问所亲故吏大司农田延年[52]。延年曰："将军为国柱石，审

此人不可,何不建白太后,更选贤而立之?"光曰:"今欲如是,于古尝有此否?"延年曰:"伊尹相殷㉝,废太甲以安宗庙㉞,后世称其忠。将军若能行此,亦汉之伊尹也。"光乃引延年给事中㉟,阴与车骑将军张安世图计,遂召丞相、御史、将军、列侯、中二千石、大夫、博士会议未央宫㊱。光曰:"昌邑王行昏乱,恐危社稷,如何?"群臣皆惊愕失色㊲,莫敢发言,但唯唯而已。田延年前,离席按剑,曰:"先帝属将军以幼孤,寄将军以天下,以将军忠贤能安刘氏也。今群下鼎沸,社稷将倾,且汉之传谥常为孝者㊳,以长有天下,令宗庙血食也㊴。如令汉家绝祀,将军虽死,何面目见先帝于地下乎?今日之议,不得旋踵。群臣后应者,臣请剑斩之。"光谢曰:"九卿责光是也。天下匈匈不安,光当受难。"于是议者皆叩头,曰:"万姓之命在于将军,唯大将军令。"

光即与群臣俱见白太后,具陈昌邑王不可以承宗庙状。皇太后乃车驾幸未央承明殿㊵,诏诸禁门毋内昌邑群臣。王入朝太后还,乘辇欲归温室㊶,中黄门宦者各持门扇㊷,王入,门闭,昌邑群臣不得入。王曰:"何为?"大将军跪曰:"有皇太后诏,毋内昌邑群臣。"王曰:"徐之,何乃惊人如是!"光使尽驱出昌邑群臣,置金马门外㊸。车骑将军安世将羽林骑收缚二百余人,皆送廷尉诏狱㊹。令故昭帝侍中中臣侍守王。光敕左右:"谨宿卫,卒有物故自裁㊺,令我负天下,有杀主名。"王尚未自知当废,谓左右:"我故群臣从官安得罪,而大将军尽系之乎?"顷之,有太后诏召王。王闻召,意恐,乃曰:"我安得罪而召我哉!"太后被珠襦,盛服坐武帐中㊻,侍御数百人皆持兵,期门武士陛戟㊼,陈列殿下。群臣以次上殿,召昌邑王伏前听诏。光与群臣连名奏王，……荒淫迷惑，失帝王礼谊，乱汉制度，……当废⑱。……皇太后诏曰："可。"光令王起拜受诏，王曰："闻天子有争臣七人，虽无道不失天下⑲。"光曰："皇太后诏废，安得天子!"乃即持其手，解脱其玺组，奉上太后，扶王下殿，出金马门，群臣随送。王西面拜⑳，曰："愚戆不任汉事。"起就乘舆副车。大将军光送至昌邑邸，光谢曰："王行自绝于天，臣等驽怯，不能杀身报德。臣宁负王，不敢负社稷。愿王自爱，臣长不复见左右。"光涕泣而去。群臣奏言："古者废放之人屏于远方，不及以政，请徙王贺汉中房陵县㉑。"太后诏归贺昌邑，赐汤沐邑二千户㉒。昌邑群臣坐亡辅导之谊，陷王于恶，光悉诛杀二百余人。出死，号呼市中曰："当断不断，反受其乱。"

光坐庭中，会丞相以下议定所立。广陵王已前不用，及燕刺王反诛，其子不在议中。近亲唯有卫太子孙号皇曾孙在民间㉓，咸称述焉。光遂与丞相敞等上奏曰："《礼》曰：'人道亲亲故尊祖，尊祖故敬宗㉔。'大宗亡嗣，择支子孙贤者为嗣。孝武皇帝曾孙病已，武帝时有诏掖庭养视，至今年十八，师受《诗》《论语》《孝经》，躬行节俭，慈仁爱人，可以嗣孝昭皇帝后，奉承祖宗庙，子万姓。臣昧死以闻。"皇太后诏曰："可。"光遣宗正刘德至曾孙家尚冠里㉕，洗沐赐御衣，太仆以軨车迎曾孙就斋宗正府㉖，入未央宫见皇太后，封为阳武侯㉗。而光奉上皇帝玺绶，谒于高庙，是为孝宣皇帝。

明年，下诏曰："夫褒有德，赏元功，古今通谊也。大司马大将军光宿卫忠正，宣德明恩，守节秉谊，以安宗庙。其以河北、东武阳益封光万七千户。"与故所食凡二万户。赏赐前后黄金七千斤，

文学常识丛书

钱六千万,杂缯三万匹,奴婢百七十人,马二千四,甲第一区。

自昭帝时,光子禹及兄孙云皆中郎将[78],云弟山奉车都尉侍中,领胡越兵[79]。光两女婿为东西宫卫尉[80],昆弟、诸婿、外孙皆奉朝请[81],为诸曹大夫,骑都尉、给事中。党亲连体,根据于朝廷。光自后元秉持万机[82],及上即位,乃归政。上谦让不受,诸事皆先关白光,然后奏御天子。光每朝见,上虚己敛容,礼下之已甚。

光秉政前后二十年。地节二年春病笃[83],车驾自临问光病,上为之涕泣。光上书谢恩曰:"愿分国邑三千户,以封兄孙奉车都尉山为列侯,奉兄骠骑将军去病祀。"事下丞相御史,即日拜光子禹为右将军。

光薨,上及皇太后亲临光丧[84]。

注 释

①票骑:《史记》作"骠骑",汉代将军名号,品秩同大将军,为霍去病而始置。去病:霍去病(公元前140—前117年),西汉名将,与卫青齐名。六次出击匈奴,打开通往西域的通道,解除了匈奴对汉王朝的威胁。

②河东平阳:河东郡平阳县,地当今山西临汾西南。

③子夫:卫子夫(?—公元前91年),本是平阳公主家的歌女,侍宴时被汉武帝看中,入官,生戾太子,立为皇后。弟卫青官至大司马大将军。后因戾太子事为武帝所废,自杀。

④传舍:古代的旅舍。

⑤扶服(púfú):同"匍匐",伏地而行。

⑥郎:帝王侍从官,帝王出则卫护陪从,入则备顾问或差遣。

⑦诸曹:各分科办事的官署。侍中:汉代自列侯以下至郎中的加官,侍

从皇帝左右以应杂事,出入宫廷。

⑧奉车都尉:为天子掌管乘舆的武官。光禄大夫:属光禄勋,掌顾问应对。

⑨征和:汉武帝年号。征和二年即公元前91年。

⑩卫太子:卫皇后所生,名刘据(公元前128—前91年),谥戾太子。武帝末年为江充所诬,举兵诛江充,兵败自杀。江充:武帝末任直指绣衣使者。武帝晚年常怀疑左右用蛊道祝诅,派江充至太子宫掘地得桐木人,太子遭诬,趁武帝避暑甘泉宫,告令百官言江充反,遂斩充。太子自杀后,武帝渐明真相,令车千秋复查太子冤,族灭江充家。

⑪燕王旦:燕刺王刘旦(?—前81年),武帝第三子。为人博学装辩略,好招致游士。卫太子败,上书求入宿卫,武帝怒。后又藏匿亡命,为武帝所谦恶。广陵王胥:广陵厉王刘胥,武帝第四子。好倡乐逸游,力能杠鼎,但行为不遵法度。昭帝即位,广陵王使女巫祝诅,后事发,以缓自绞死。

⑫钩弋:汉宫名,赵倢伃所居。赵倢伃:河间(治所在今河北献县东南)人,病六年后两手拳曲,武帝巡狩过河间,披女手,手指即时伸直,由是得幸,入宫为倢伃,倢伃嫔妃称号汉武帝始置。次于皇后、昭仪,位第三。有男:即汉昭帝刘弗陵,小名钩戈子,五六岁即壮大多知,汉武帝奇而爱之。

⑬社稷:土神和谷神。借指国家。

⑭黄门:宫中官署名,职以百物供天子,故也有画工。画周公负成王:周武王死后,子成王立,年少,由武王弟周公旦辅政,"画周公负成王",即以图画形式表达周公辅少主政的内容。负成王,把成王抱在怀中。《礼记·内则》:"三日始负子"。郑注:"负之谓抱之。"

⑮后元二年:公元前87年。

⑯五柞宫:汉武帝所造离宫,在扶风周至(今陕西省周至县东南),有五棵三人合抱的柞树,故名。

文学常识丛书

⑰不讳：死的婉辞。

⑱日磾(dī)：金日磾(公元前134—前86年)，本匈奴休屠王太子，武帝时从昆邪王归汉，任侍中。武帝临终，遗诏封为秺侯。车骑：汉代将军名号，文帝时始置，品秩同卫将军及左右前后将军，位次上卿。

⑲太仆：掌舆马的官。上官桀(？—前80年)：武帝时任骑都尉，武帝临终托少主任为左将军，遗诏封安阳侯，孙女为昭帝皇后。元凤元年因谋反被诛。

⑳桑弘羊(公元前152—前80年)：西汉洛阳(今河南洛阳东)人，武帝时制订、推行盐铁酒类的官营政策，抑止富商巨贾的势力。元凤元年与上官桀通同谋反被杀。御史大夫：掌监察、执法、文书图籍。秦汉时与丞相(大司徒)、太尉(大司马)合称三公，后改称大司空。

㉑博陆侯：博，广大；陆，平正。食邑在北海、河间、东郡。

㉒财：通"才"。七尺三寸：一汉尺约合27.65厘米，七尺三寸约合1.81米。

㉓郎仆射：仆射为郎官的首长。

㉔尚符玺郎：掌管帝王符节、玉玺的郎官。

㉕谊：通"义"。

㉖秩：官吏的俸禄；引申为职位、品级。

㉗多：赞美。

㉘光长女：霍光嫡妻东闾氏所生。

㉙女：上官安之女即霍光之外孙女。昭帝11岁时立为皇后，年才6岁。

㉚鄂邑盖主：汉昭帝的大姊，即下文的"长公主"。鄂邑，长公主的食邑地。称盖主是以盖侯为驸马。倢伃：即婕妤，宫中女官名，汉置。

㉛九卿：秦汉以奉常、郎中令、卫尉、太仆、廷尉、典客、宗正、治粟内史、少府为九卿。武帝时上官桀曾为太仆。

逝者如斯

51

㉜椒房：汉代后妃所居，以椒和泥涂壁，取其性温，有香，多子之义。椒房中宫：皇后所居。

㉝酒榷(què)：政府对酒实行专卖。

㉞伐：自我夸耀。

㉟都：汇聚。肄：练习。羽林：皇帝的护卫军。长官有羽林中郎将和羽林郎。

㊱道上称：帝王出行之前的清道。这里是指责霍光僭越天子的仪式。

㊲苏武(? —前60年)：西汉杜陵(今陕西西安东南)人，武帝天汉元年(公元前100年)，出使匈奴被扣，坚持十九年不屈。言二十年是举其成数。

㊳典属国：掌管异族投降者的官。

㊴长史：汉代丞相、太尉、御史大夫、将军、边郡太守的属官。敞：即杨敞。本在大将军幕府为军司马，经霍光累次迁升，最后做到丞相。

㊵莫府：即幕府，将军的府署。校尉：汉代军职，位略次于将军。

㊶画室：一说近臣集会谋画之室，一说雕画之室。

㊷之：到。广明：亭名。霍光练兵之处。汉代十里一亭。

㊸尚书：皇帝左右掌管文书章奏的官。

㊹元平元年：公元前74年。

㊺周太王：周文王的祖父古公亶父。文王父亲季历是太王的第三子，据说古公看出文王有圣瑞，有意把季历定为嗣子，长子太伯、次子虞仲因而让国亡入吴。王季：即季历。

㊻伯邑考：文王长子。

㊼视：同"示"。

㊽九江：郡名，辖境相当今安徽省淮河以南、巢湖以北地区。

㊾皇太后：即昭帝上官皇后。当时年约十五六岁。

㊿大鸿胪(lú)：武帝时改典客为大鸿胪，属九卿之一，掌管与外国的交

往。少府：掌握山海池泽的税利，以供宫廷之用的官，九卿之一。乐成：姓史。宗正：掌管皇室亲属的官，九卿之一。德：刘德，刘向的父亲。吉：丙吉。中郎将：统领皇帝侍卫的武官。

(51)昌邑哀王：汉武帝第五子。

(52)大司农：武帝时改治粟内史为大司农，九卿之一，掌管钱谷盐铁和国家的财政收支。

(53)伊尹：名挚，汤用为相，以灭夏桀，为商初重臣。

(54)太甲：成汤长孙，即位后不理朝政，被伊尹放在成汤葬地桐宫，三年而悔过，伊尹迎之复位。

(55)给事中：将军、列侯、九卿以至黄门郎等的加官，给事殿中，备顾问应对，讨论政事。为皇帝近臣。

(56)中二千石：汉代九卿的俸禄都是中二千石。博士：太常所属学官，掌古今史事待问及书籍典守。未央宫：汉高祖七年萧何所造，遗址在今陕西西安西北汉长安故城内西南隅。

(57)鄂：通“愕”。

(58)汉之传谥常为孝：汉代自惠帝以下，谥号皆冠以“孝”字。

(59)血食：受祭祀。

(60)承明殿：未央官中殿名，班固《西都赋》说它是“著作之庭”。

(61)温室：殿名，在未央官内，武帝时建。据《西京杂记》，温室殿以椒涂壁，被以文绣，以香桂为柱，设火齐屏风，鸿羽帐，冬天很温暖。

(62)中黄门：汉代给事内廷的官名，以宦者充任。

(63)金马门：汉代臣属待诏之处，门旁有铜马。

(64)廷尉：掌管刑狱的官。

(65)卒：通“猝”。物故：亡故。自裁：自杀。

(66)武帐：置有兵器架和五种兵器的帷帐，汉代天子在宫殿中接见臣下

时专用。

⑥期门：武帝时选拔陇西、天水等六郡良家子组成的护卫队,平帝时改称虎贲郎。陛戟：执戟卫于陛下。

⑧原文在"光与群臣连名奏王"以下,有尚书令读三十三个大臣的奏章,列举昌邑王失德之事。因奏文甚长,这里前后均有删节。

⑩"天子"二句：是《孝经·谏诤章》的句子。争臣：直言谏诤之臣。争通"诤"。

⑩西面拜：昌邑在今山东巨野西南,长安在其西,西面拜即遥拜长安宗庙。

⑪汉中房陵县：汉中郡房陵县,在今湖北房县。

⑫汤沐邑：皇帝、皇后、皇子、公主等收取赋税的私邑。

⑬皇曾孙：汉武帝曾孙,在民间名病已,即位后改名刘询(前94—前49年)。

⑭"人道"二句：《礼记·大传》句,原文作："人道亲亲也,亲亲故尊祖,尊祖故敬宗。"

⑮尚冠里：长安城内里名。

⑯轮猎车：一种轻便车。

⑰阳武侯：阳武,在今河南原阳东南。就位前先封侯,表示承认其皇族身份。

⑱中郎将：统领皇帝侍卫的武官。

⑲胡越兵：指编在汉朝军队中的胡骑、越骑。

⑳卫尉：掌管宫门警卫的官,九卿之一。两女婿,即下文范明友、邓广汉。

㉑奉朝请：定期朝见皇帝。古以春季朝见为"朝",秋季朝见为"请"。

㉒后元：指武帝死、昭帝立的后元二年,公元前87年。

文学常识丛书

㉝地节:汉宣帝年号。地节二年,公元前 68 年。

㉞原文以下铺叙霍光葬礼之隆重奢侈,以及霍光死后霍氏家族之恃尊骄横等情节,均予删节。薨(hōng):去世。

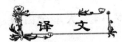

译 文

霍光表字子孟,是骠骑将军霍去病的弟弟。父亲霍中孺,河东郡平阳县人,以县吏的身份替平阳侯家办事,跟侍女卫少儿私通生下了霍去病。霍中孺办完事回家,娶妻生下霍光,就此隔绝互相不知音讯。多年以后,卫少儿的妹妹卫子夫受到汉武帝宠幸,立为皇后,霍去病因为是皇后姐姐的儿子而尊贵得宠。长大以后,就自知父亲是霍中孺,还没顾上探访寻问,正好任骠骑将军出击匈奴,路经河东郡,河东太守到郊外迎接,他背着弓箭先驱马到平阳旅舍,派手下人迎接霍中孺。霍中孺急步进来拜见,将军也下拜迎候,跪着说:“去病没能早日自知是父亲大人给予之身。”霍中孺伏在地上叩头,说:“老臣能够把生命寄托在将军身上,这是上天的力量啊。”霍去病为霍中孺置买了大量的土地、房屋、奴婢而去。回来时,又从那儿经过,就带着霍光西行到了长安,当时霍光年纪才十几岁,任他为郎官,不久又升到诸曹侍中。霍去病死后,霍光任奉车都尉光禄大夫,武帝出行他就照管车马,回宫就侍奉在左右,出入宫门二十多年,小心谨慎,未曾有什么过错,很受到武帝亲近和信任。

征和二年,卫太子因受到江充的诬陷而自杀,而燕王旦、广陵王胥又都有很多过失。这时武帝已年老,他的宠妃钩弋宫赵倢伃有个男孩,武帝心里想让他继承皇位,命大臣辅助他。仔细观察众大臣,只有霍光能负此重任,可以把国家大事托付给他。武帝就叫黄门画工画了一幅周公抱着成王接受诸侯朝见的图画赐给霍光。后元二年春天,武帝出游五柞宫,得了重

55

病，霍光流泪抽泣问道："如果有了意外，该谁继承皇位？"武帝说："你不明白上次图画的意思吗？立小儿子，你担当周公的职务。"武帝让霍光任大司马大将军，金日磾任车骑将军，加上太仆上官桀任左将军，搜粟都尉桑弘羊任御史大夫，都拜伏在卧室内的床下，接受遗诏辅佐少主。第二天，武帝逝世，太子继承天子的尊号，就是孝昭皇帝。昭帝年方八岁，国家大事全由霍光决断。武帝遗诏封霍光为博陆侯。

霍光为人沉着冷静、细致慎重，身高达七尺三寸，皮肤白皙，眉、眼分得很开，须髯很美。每次从下殿门进出，停顿、前进有固定的地方，郎仆射暗中做了标记一看，尺寸丝毫不差，他的资质本性端正就像这样。开始辅佐幼主，政令都由他亲自发出，天下人都想望他的风采。宫殿中曾出现过怪异的现象，一夜间大臣们互相惊扰，霍光召来符玺郎要玺，郎官不肯交给霍光。霍光想夺玺，郎官手按着剑把说："臣子的头可以得到，国玺你不能得到！"霍光很赞赏他的忠义。第二天，下诏提升这位郎官官阶两级。老百姓没有不称颂霍光的。

文学常识丛书

56

霍光跟左将军上官桀是缔结婚姻的亲家，霍光的长女是上官桀儿子上官安的妻子，有个女儿年纪跟昭帝正相配，上官桀依靠昭帝的大姊鄂邑盖主把上官安的女儿送进后宫成了婕妤，几个月以后立为皇后。父亲上官安当上了票骑将军，封桑乐侯。霍光有时休息沐浴离开朝廷，上官桀往往进宫代替霍光决定政务。上官桀父子位尊势盛以后，颇感长公主的恩德。公主私生活不太检点，宠幸河间郡的丁外人。上官桀、上官安想替丁外人求个封爵，希望按照国家以列侯匹配公主的惯例，霍光不同意。又为丁外人求光禄大夫之职，想让他能得到皇帝召见，也不同意。长公主为此对霍光大为怨恨。而上官桀、上官安多次为丁外人求官爵不能得到，也感到惭愧。在武帝时，上官桀已经是九卿，官位在霍光之上。现在父子又都是将军，有椒房中宫的关系可以倚重，皇后是上官安的亲生女儿，霍光是她的外祖父，却只管对朝廷里的事搞专制,从此跟霍光争起权来。

燕王旦自以为是昭帝兄长,常怀着怨意。再说御史大夫桑弘羊建立了酒的官买制度,垄断了盐、铁的生产,为国家增加了财政收入,自以为功高,想为儿子兄弟弄个官做,也怨恨霍光。于是盖主、上官桀、上官安和桑弘羊都和燕王旦勾结密谋,叫人冒充替燕王上书,说霍光外出聚集郎官和羽林骑练兵,出发前安排宫中太官先行;又提到苏武过去出使匈奴,被扣留了20年不投降,回来才做了典属国,而大将军部下长史杨敞没立功就当了搜粟都尉;又擅自增调将军府的校尉;霍光专权,想怎样就怎样,恐怕有些不正常,臣子但愿缴回符玺,进宫参加值宿警卫,观察奸臣有什么事变。他乘霍光休假的日子上书。上官桀想通过昭帝把这事批复下来,桑弘羊就可以跟其他大臣一起把霍光抓起来送走。奏书送上去,昭帝不肯批复。

第二天早上,霍光听说这件事,停留在画室中不进宫。昭帝问:"大将军在哪里?"左将军上官桀回答:"因为燕王告发他的罪状,所以不敢进来。"昭帝下诏召大将军。霍光进宫,除下将军冠叩头自责,昭帝说:"将军戴上冠。我知道这奏书是假的,将军无罪。"霍光说:"陛下怎么知道的?"昭帝说:"将军到广明亭去,召集郎官部属罢了。调校尉到现在不到十天,燕王怎么能知道呢?况且将军要干坏事,并不需要校尉。"当时昭帝才14岁,尚书和左右的人都感到惊讶,而上奏书的人果然失踪了,追捕得很紧。上官桀等人害怕了,对昭帝说:"小事不值得追究。"昭帝不听。

这以后上官桀的党羽有说霍光坏话的,昭帝就发怒说:"大将军是忠臣,先帝嘱托他辅佐我的,有谁敢诽谤就办他的罪。"从此上官桀等人不敢再讲了,就计划让长公主摆宴席请霍光,埋伏兵士击杀他,乘机废昭帝,迎立燕王做天子。事情被发觉,霍光全部诛灭了上官桀、上官安、桑弘羊、丁外人的宗族。燕王、盖主都自杀了。霍光威震海内。昭帝年满二十举行冠礼以后,就把政事委托给霍光,共13年,百姓衣丰食足,四夷归顺服从。

元平元年,昭帝故世,没有后代。武帝6个儿子只剩广陵王刘胥还在,众大臣议论立谁为帝,都主张广陵王。广陵王本来因为行为有失道义,不为武帝所重用。霍光内心感到不妥当。有郎官上奏书说:"周太王不立长子太伯而立幼子王季,周文王舍弃伯邑考而立武王,只在于适当,即使废长立幼也是可以的。广陵王不能承继宗庙。"这话符合霍光心意。霍光把他的奏书拿给丞相杨敞等看,提拔郎官做九江太守,当天接受皇太后的诏令,派遣代理大鸿胪、少府史乐成,宗正刘德,光禄大夫丙吉,中郎将利汉迎接昌邑王刘贺。

刘贺是武帝的孙子,昌邑哀王的儿子。就位以后,行为淫乱。霍光又担忧又气忿,单独问老部下大司农田延年。田延年说:"将军是国家的柱子和基石,看这个人不行,为什么不向皇太后建议,另选贤明的立为皇帝?"霍光说:"现在想这样,在古代有过这种例子么?"田延年说:"伊尹任殷朝的丞相,放逐太甲而保全了王室,后世称道他忠。将军如果能做到这点,也就是汉朝的伊尹了。"霍光就引荐田延年当了给事中,暗底下跟车骑将军张安世考虑大计,于是召集丞相、御史、将军、列侯、中两千石、大夫、博士在未央宫开会讨论。霍光说:"昌邑王行为昏乱,恐怕要危害国家,怎么办?"众大臣都惊愕得变了脸色,没人敢开口说话,只是唯唯诺诺而已。田延年走上前,离开席位手按剑柄,说:"先帝把年幼的孤儿托付给将军,把大汉的天下委任给将军,是因为将军忠诚而贤能,能够安定刘氏的江山。现在下边议论得像鼎水沸腾,国家可能倾覆,况且汉天子的谥号常带'孝'字,就为长久保有天下,使宗庙祭祀不断啊。如果使汉皇室断了祭祀,将军就是死了,又有什么脸在地下见先帝呢?今天的会议,不准转过脚跟去不表态。诸位大臣有回答得晚的,我请求用剑把他杀了。"霍光自责说:"九卿指责霍光指责得对。天下骚扰不安,霍光应该受到责难。"于是参加会议的都叩头,说:"天下万姓,命都在将军手里,只等大将军下令了。"

霍光立即跟众大臣一起见告皇太后，列举昌邑王不能继承宗庙的种种情况。皇太后就坐车驾临未央宫承明殿，下诏各宫门不准放昌邑王的众臣子进入。昌邑王入朝太后回去，乘车想回温室，中黄门的宦者分别把持着门扇，昌邑王一进来，就把门关上，跟随昌邑来的臣子不得进。昌邑王说："干什么？"大将军霍光跪下说："有皇太后的诏令，不准放入昌邑的众臣。"昌邑王说："慢慢地嘛，为什么像这样吓人！"霍光命人把昌邑的臣子们全都赶出去，安置在金马门外面。车骑将军张安世带着羽林骑把二百多人绑起来，都送到廷尉和诏狱看押。命令过去做过昭帝侍中的内臣看好昌邑王。霍光下令左右："仔细值班警卫，昌邑王如果发生什么意外自杀身亡，会叫我对不起天下人，背上杀主上的罪名。"昌邑王还不知道自己要被废黜了，对左右说："我过去的臣子跟我来做官有什么罪，而大将军为什么要把他们全抓起来呢？"一会儿，有皇太后的诏令召见昌邑王。昌邑王听到召见，心中着慌，就说："我有什么罪要召见我啊！"皇太后身被珍珠短袄，盛妆坐在武帐中，几百名侍御都拿着武器，期门武士执戟护陛，排列在殿下。众大臣依次上殿，召昌邑王伏在殿前听诏。霍光与众大臣联名参奏昌邑王……荒淫迷惑，全失帝王的礼义，扰乱了汉朝的制度……应当废黜。……皇太后下诏说："同意。"霍光叫昌邑王起身下拜接受诏令，昌邑王说："听说天子只要有诤臣 7 个，即使无道也不会失天下。"霍光说："皇太后已诏令废黜，哪来的天子！"当即抓住他的手，解脱他的玺和绶带，捧给皇太后，扶着昌邑王下殿，出金马门，众大臣跟着送行。昌邑王向西拜了一拜，说："又笨又傻，干不了汉朝的事。"起身上了天子乘舆的副车。大将军霍光送到昌邑王的住所。霍光自责道："王的行为自绝于天，臣子等无能而胆怯，不能杀身以报恩德。臣子宁肯对不起王，不敢对不起国家。希望王能自爱，臣子今后长时期内不能再见到尊敬的王上了。"霍光流泪哭泣而去。众大臣进奏说："古代废黜的人要弃逐到远方，不让他接触朝政，请求把昌邑王贺迁徙到汉

逝者如斯

中郡房陵县去。"皇太后诏令把刘贺送回昌邑,赐给他私邑两千户。昌邑带来一批臣子因辅导不当,使王陷入邪恶,霍光把二百多人全杀了。这些人被推出执行死刑时,在市中号叫:"该决断时不决断,反而遭受他祸害。"

霍光坐在朝廷中间,会合丞相以下大臣讨论决定立谁。广陵王已经不用在前,还有燕刺王因谋反而被诛灭,他儿子不在讨论范围中。近亲只有卫太子的孙子号皇曾孙的在民间,大家都称道他。霍光就跟丞相杨敞等上奏书说:"《礼记》说:'人道爱自己的亲人,所以尊崇祖先;尊崇祖先,所以敬重宗室。'宗没有子息,选择宗支子孙中贤能的作为继承人。孝武皇帝的曾孙病已,武帝在世时有诏命令掖庭养育照看,到今年18岁了,从先生那里受学《诗经》《论语》《孝经》,亲自实行节俭,仁慈而能爱他人,可以嗣承孝昭皇帝之后,事奉祖宗之庙,爱万姓如子。臣子冒死让太后知情。"皇太后下诏说:"同意。"霍光派宗正刘德到尚冠里曾孙家中,让他沐浴以后赐给他皇帝之服,太仆用轻便车迎接曾孙到宗正府用斋,然后进未央宫见皇太后,受封为阳武侯。霍光捧上皇帝的玺和绶带,进谒了高皇帝庙,这就是孝宣皇帝。

第二年,宣帝下诏说:"褒奖有德行的,赏赐立首功的,是古今相通的道理。大司马大将军霍光值宿护卫宫殿忠心耿耿,显示德行,深明恩遇,保持节操,主持正义,安定宗庙。用河北、东武阳增加霍光封邑一万七千户。"加上以前的食邑共计二万户。赏赐先后有黄金七千斤,钱六千万,各色丝织物三万匹,奴婢一百七十人,马二千匹,华贵的住宅一所。

从昭帝时起,霍光的儿子霍禹和侄孙霍云都是中郎将,霍云的弟弟霍山任奉车都尉侍中,带领胡骑、越骑。霍光有两个女婿是东、西宫的卫尉,兄弟、几个女婿,外孙都得以定期朝见皇帝,任各部门的大夫、骑都尉、给事中。亲族连成一体,植根盘踞在朝廷中。霍光从后元年间起掌握国事,到宣帝就位,才归还政权。宣帝谦让不肯接受,凡事都先汇报霍光,然后才奏给天子。霍光每次朝见，宣帝都虚怀若谷，神色敬肃，礼节上屈己退让到了极点。

霍光主持朝政前后 20 年。地节二年春天病重，宣帝亲自到来问候霍光病况，为他病情流泪哭泣。霍光呈上奏书谢恩说："希望把我国中之邑分出三千户，封给我侄孙奉车都尉霍山为列侯，来侍奉票骑将军霍去病的庙祀。"皇帝把这事下达给丞相、御史，当天拜霍光的儿子霍禹为右将军。

霍光去世了，宣帝和皇太后亲临参加霍光的丧礼。

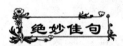

当断不断，反受其乱。

苏武传(节选)

武字子卿,少以父任①,兄弟并为郎②,稍迁至栘中厩监③。时汉连伐胡,数通使相窥观④。匈奴留汉使郭吉、路充国等前后十余辈⑤。匈奴使来,汉亦留之以相当⑥。

天汉元年⑦,且鞮侯单于初立⑧,恐汉袭之,乃曰:"汉天子,我丈人行也。"尽归汉使路充国等。武帝嘉其义,乃遣武以中郎将使持节送匈奴使留在汉者⑨;因厚赂单于,答其善意。武与副中郎将张胜及假吏常惠等,募士、斥候百余人俱⑩。既至匈奴,置币遗单于。单于益骄,非汉所望也。

方欲发使送武等,会缑王与长水虞常等谋反匈奴中⑪。缑王者,昆邪王姊子也⑫,与昆邪王俱降汉,后随浞野侯没胡中⑬。及卫律所降者⑭,阴相与谋劫单于母阏氏归汉⑮。会武等至匈奴。虞常在汉时,素与副张胜相知,私候胜,曰:"闻汉天子甚怨卫律,常能为汉伏弩射杀之。吾母与弟在汉,幸蒙其赏赐。"张胜许之,以货物与常。

后月余,单于出猎,独阏氏子弟在。虞常等七十余人欲发;其一人夜亡,告之。单于子弟发兵与战,缑王等皆死,虞常生得。单于使卫律治其事。张胜闻之,恐前语发,以状语武。武曰:"事如此,此必及我。见犯乃死,重负国!"欲自杀,胜、惠共止之。虞常果引张胜。单于怒，召诸贵人议，欲杀汉使者。左伊秩訾曰[16]："即谋单于，何以复加？宜皆降之。"单于使卫律召武受辞[17]，武谓惠等："屈节辱命，虽生，何面目以归汉！"引佩刀自刺。卫律惊，自抱持武，驰召医。凿地为坎，置煴火，覆武其上，蹈其背以出血。武气绝，半日复息。惠等哭，舆归营[18]。单于壮其节，朝夕遣人候问武，而收系张胜。武益愈，单于使使晓武，会论虞常，欲因此时降武。剑斩虞常已，律曰："汉使张胜，谋杀单于近臣，当死。单于募降者赦罪。"举剑欲击之，胜请降。律谓武曰："副有罪，当相坐[19]。"武曰："本无谋，又非亲属，何谓相坐？"复举剑拟之，武不动。律曰："苏君！律前负汉归匈奴，幸蒙大恩，赐号称王；拥众数万，马畜弥山[20]，富贵如此！苏君今日降，明日复然。空以身膏草野[21]，谁复知之！"武不应。律曰："君因我降，与君为兄弟。今不听吾计，后虽欲复见我，尚可得乎？"

武骂律曰："女为人臣子，不顾恩义，畔主背亲，为降虏于蛮夷，何以女为见[22]！且单于信女，使决人死生；不平心持正，反欲斗两主[23]，观祸败！南越杀汉使者，屠为九郡[24]。宛王杀汉使者，头县北阙[25]。朝鲜杀汉使者，即时诛灭[26]。独匈奴未耳。若知我不降明，欲令两国相攻。匈奴之祸，从我始矣！"律知武终不可胁，白单于。单于愈益欲降之，乃幽武，置大窖中，绝不饮食。天雨雪，武卧啮雪，与旃毛并咽之[27]，数日不死。匈奴以为神，乃徙武北海上无人处[28]，使牧羝，羝乳乃得归[29]。别其官属常惠等，各置他所。

武既至海上，廪食不至，掘野鼠去草实而食之[30]。仗汉节牧羊，卧起操持，节旄尽落。积五六年，单于弟於靬王弋射海上[31]。

武能网纺缴㉜，檠弓弩矢㉝，於靬王爱之，给其衣食。三岁余，王病，赐武马畜、服匿、穹庐㉞。王死后，人众徙去。其冬，丁令盗武牛羊㉟，武复穷厄。

初，武与李陵俱为侍中㊱。武使匈奴明年，陵降，不敢求武。久之，单于使陵至海上，为武置酒设乐。因谓武曰："单于闻陵与子卿素厚，故使陵来说足下，虚心欲相待。终不得归汉，空自苦亡人之地，信义安所见乎？前长君为奉车㊲，从至雍棫阳宫㊳，扶辇下除㊴，触柱折辕，劾大不敬㊵，伏剑自刎，赐钱二百万以葬。孺卿从祠河东后土㊶，宦骑与黄门驸马争船㊷，推堕驸马河中溺死。宦骑亡，诏使孺卿逐捕，不得，惶恐饮药而死。来时，太夫人已不幸㊸，陵送葬至阳陵㊹。子卿妇年少，闻已更嫁矣。独有女弟二人㊺，两女一男，今复十余年，存亡不可知。人生如朝露，何久自苦如此！陵始降时，忽忽如狂，自痛负汉，加以老母系保宫㊻，子卿不欲降，何以过陵！且陛下春秋高㊼，法令亡常，大臣亡罪夷灭者数十家，安危不可知。子卿尚复谁为乎？愿听陵计，勿复有云！"

武曰："武父子亡功德，皆为陛下所成就，位列将㊽，爵通侯㊾，兄弟亲近，常愿肝脑涂地。今得杀身自效，虽蒙斧钺汤镬㊿，诚甘乐之。臣事君，犹子事父也；子为父死，亡所恨。愿勿复再言！"

陵与武饮数日，复曰："子卿壹听陵言。"武曰："自分已死久矣！王必欲降武，请毕今日之驩，效死于前！"陵见其至诚，喟然叹曰："嗟乎，义士！陵与卫律之罪，上通于天！"因泣下霑衿，与武决去。陵恶自赐武，使其妻赐武牛羊数十头。

后陵复至北海上，语武："区脱捕得云中生口51，言太守以下吏

民皆白服，曰上崩(52)。”武闻之，南向号哭，欧血，旦夕临数月。

昭帝即位(53)，数年，匈奴与汉和亲。汉求武等，匈奴诡言武死。后汉使复至匈奴，常惠请其守者与俱，得夜见汉使，具自陈道。教使者谓单于，言天子射上林中(54)，得雁，足有系帛书，言武等在某泽中。使者大喜，如惠语以让单于。单于视左右而惊，谢汉使曰：“武等实在。”于是李陵置酒贺武曰：“今足下还归，扬名于匈奴，功显于汉室。虽古竹帛所载(55)，丹青所画(56)，何以过子卿！陵虽驽怯(57)，令汉且贳陵罪(58)，全其老母，使得奋大辱之积志，庶几乎曹柯之盟(59)，此陵宿昔之所不忘也！收族陵家，为世大戮，陵尚复何顾乎？已矣，令子卿知吾心耳！异域之人，壹别长绝！”陵起舞，歌曰：“径万里兮度沙幕，为君将兮奋匈奴。路穷绝兮矢刃摧，士众灭兮名已隤。老母已死，虽欲报恩将安归！”陵泣下数行，因与武决。单于召会武官属，前已降及物故，凡随武还者九人。

武以始元六年春至京师(60)。诏武奉一太牢谒武帝园庙(61)。拜为典属国(62)，秩中二千石(63)；赐钱二百万，公田二顷，宅一区。常惠、徐圣、赵终根皆拜为中郎，赐帛各二百匹。其余六人老，归家，赐钱人十万，复终身。常惠后至右将军，封列侯，自有传。武留匈奴凡十九岁(64)，始以强壮出，及还，须发尽白。

注释

①父：指苏武的父亲苏建，有功封平陵侯，做过代郡太守。

②兄弟：指苏武和他的兄苏嘉，弟苏贤。郎：官名，汉代专指职位较低皇帝侍从。汉制年俸二千石以上，可保举其子弟为郎。

③稍迁:逐渐提升。𫘧(yí)中厩(jiù):汉宫中有𫘧园,园中有马厩(马棚),故称。监:此指管马厩的官,掌鞍马、鹰犬等。

④通使:派遣使者往来。

⑤郭吉:元封元年(公元前110年),汉武帝亲统大军十八万到北地,派郭吉到匈奴,晓谕单于归顺,单于大怒,扣留了郭吉。路充国:元封四年(公元前107年),匈奴派遣使者至汉,病故。汉派路充国送丧到匈奴,单于以为是被汉杀死,扣留了路充国。(事见《史记·匈奴列传》《汉书·匈奴传》)辈:批。

⑥相当:相抵。

⑦天汉元年:公元前100年。天汉,汉武帝年号。

⑧且(jū)鞮(dī)侯:单于嗣位前的封号。单(chán)于:匈奴首领的称号。

⑨中郎将:皇帝的侍卫长。节:使臣所持信物,以竹为杆,柄长八尺,栓上旄牛尾,共三层,故又称"旄节"。

⑩假吏:临时委任的使臣属官。斥候:军中担任警卫的侦察人员。

⑪王:匈奴的一个亲王。长水:水名,在今陕西省蓝田县西北。虞常:长水人,后投降匈奴。

⑫昆(hún)邪(yé)王:匈奴一个部落的王,其地在河西(今甘肃省西北部)。昆邪王于汉武帝元狩二年(公元前121年)降汉。

⑬浞(zhuó)野侯:汉将赵破奴的封号。汉武帝太初二年(公元前103年)率二万骑击匈奴,兵败而降,全军沦没。

⑭卫律:本为长水胡人,但长于汉,被协律都尉李延年荐为汉使出使匈奴。回汉后,正值延年因罪全家被捕,卫律怕受牵连,又逃奔匈奴,被封为丁零王。

⑮阏氏(yānzhī):匈奴王后封号。

文学常识丛书

⑯左伊秩訾(zī):匈奴的王号,有"左""右"之分。

⑰受辞：受审讯。

⑱舆：轿子。此用作动词，犹"抬"。

⑲相坐：连带治罪。古代法律规定，凡犯谋反等大罪者，其亲属也要跟着治罪，叫做连坐，或相坐。

⑳弥山：满山。

㉑身膏草野：肥美滋润，此用作动词。

㉒女(rǔ)：即"汝"，下同。

㉓斗两主：使汉皇帝和匈奴单于相斗。斗，用为使动词。

㉔南越：国名，今广东、广西南部一带。屠：平定。《史记·南越列传》载，武帝元鼎五年(公元前112年)，南越王相吕嘉杀其国王及汉使者，叛汉。武帝发兵讨伐，活捉吕嘉，因将其地改为珠崖、南海等九郡。

㉕宛王：指大宛国王毋寡。北阙：官殿的北门。《史记·大宛列传》载，汉武帝太初元年(公元前104年)，宛王毋寡派人杀前来求良马的汉使。武帝即命李广利讨伐大宛，大宛诸贵族乃杀毋寡而降汉。

㉖《史记·朝鲜列传》载，武帝元封二年(公元前109年)派遣涉何出使朝鲜，涉何暗害了伴送他的朝鲜人，谎报为杀了朝鲜武将，因而被封为辽东东部都尉。朝鲜王右渠枭杀涉何。于是武帝发兵讨伐。朝鲜相杀王右渠降汉。

㉗旃(zhàn)：通毡，毛毡。

㉘北海：当时在匈奴北境，即今贝加尔湖。

㉙羝(dī)：公羊。乳：用作动词，生育，指生小羊。公羊不可能生小羊，故此句是说苏武永远没有归汉的希望。

㉚去：收藏。

㉛於(wū)靬(jiān)王：且鞮单于之弟，为匈奴的一个亲王。

㉜弋射：射猎。此句"网"前应有"结"字。缴：系在箭上的丝绳。

逝者如斯

㉝檠(jìn)：矫正弓箭的工具。此作动词，犹"矫正"。

㉞服匿：盛酒酪的容器，类似今天的坛子。穹庐：圆顶大篷帐，犹今之蒙古包。

㉟丁令：即丁灵，匈奴北边的一个部族。

㊱李陵：字少卿，西汉陇西成纪（今甘肃秦安）人，李广之孙，武帝时曾为侍中。天汉二年（公元前99年）出征匈奴，兵败投降，后病死匈奴。侍中：官名，皇帝的侍从。

㊲长君：指苏武的长兄苏嘉。奉车：官名，即"奉车都尉"，皇帝出巡时，负责车马的侍从官。

㊳雍：汉代县名，在今陕西凤翔县南。棫(yù)阳宫：秦时所建宫殿，在雍东北。

㊴辇(niǎn)：皇帝的坐车。除：宫殿的台阶。

㊵劾(hé)：弹劾，汉时称判罪为劾。大不敬：不敬皇帝的罪名，为一种不可赦免的重罪。

㊶孺卿：苏武弟苏贤的字。河东：郡名，在今山西夏县北。后土：地神。

㊷宦骑：骑马的宦官。黄门驸马：宫中掌管车辇马匹的官。

㊸太夫人：指苏武的母亲。

㊹阳陵：汉时有阳陵县，在今陕西咸阳市东。

㊺女弟：妹妹。

㊻保宫：本名"居室"，太初元年更名"保宫"，囚禁犯罪大臣及其眷属之处。

㊼春秋高：年老。春秋：指年龄。

㊽位：指被封的爵位。列将：一般将军的总称。苏武父子曾被任为右将军、中郎将等。

㊾通侯：汉爵位名，本名彻侯，因避武帝讳改。苏武父苏建曾封为平

陵侯。

(50)斧钺(yuè):古时杀犯人的斧子。钺,大斧。汤:沸水。镬(huò):大锅。汤镬:指把人投入开水锅煮死。此泛指酷刑。

(51)区(ōu)脱:接近汉地的一个匈奴部落名。云中:郡名,在今山西省北部和内蒙自治区南部一带地区。生口:活口,即俘虏。

(52)上崩:指后元二年(公元前 87 年)汉武帝死。

(53)昭帝:武帝少子,名弗陵。公元前 87 年,武帝死,昭帝即位。次年,改元始元。于始元六年,与匈奴达成和议。

(54)上林:即上林苑。故址在今陕西省西安市附近。汉朝皇帝游玩射猎的园林。

(55)竹帛:古代以竹片或帛绸记事,此代指史籍。

(56)丹:硃砂。青:青雘(huò)。都是绘画所用的颜色。此指绘画。

(57)驽怯:无能和胆怯。

(58)贳(shì):赦免。

(59)曹柯之盟:《史记·刺客列传》载,春秋时,曹沫鲁将,与齐作战,三战三败,鲁庄公割地求和,但仍用曹沫为将。后齐桓公与鲁庄公会盟于柯邑(时为齐邑,在今山东省阳谷县东北),曹沫持匕首胁迫齐桓公,齐桓公只得归还鲁地。李陵引此以自比,表示要立功赎罪。

(60)京师:京都,指长安。

(61)太牢:祭品,即牛、羊、豕三牲。园:陵园。庙:祭祀祖先的祠庙。

(62)典属国:官名,掌管依附汉朝的各属国事务。

(63)秩:官俸。中(zhòng)二千石:官俸的等级之一,即每月一百八十石,一年合计二千一百六十石。此举整数而言。

(64)“武留”句:苏武汉武帝天汉元年(公元前 100 年)出使,至汉昭帝始元六年(公元前 81 年)还,共十九年。

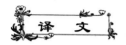

译 文

苏武字子卿，年轻时凭着父亲的职位，兄弟三人都做了皇帝的侍从，并逐渐被提升为掌管皇帝鞍马鹰犬射猎工具的官。当时汉朝廷不断讨伐匈奴，多次互派使节彼此暗中侦察。匈奴扣留了汉使节郭吉、路充国等前后十余批人。匈奴使节前来，汉朝庭也扣留他们以相抵。

公元前100年，且鞮刚刚立为单于，唯恐受到汉的袭击，于是说："汉皇帝，是我的长辈。"全部送还了汉廷使节路充国等人。汉武帝赞许他这种通晓情理的做法，于是派遣苏武以中郎将的身份出使，持旄节护送扣留在汉的匈奴使者回国，顺便送给单于很丰厚的礼物，以答谢他的好意。苏武同副中郎将张胜以及临时委派的使臣属官常惠等，加上招募来的士卒、侦察人员百多人一同前往。到了匈奴那里，摆列财物赠给单于。单于越发傲慢，不是汉所期望的那样。

单于正要派使者护送苏武等人归汉，适逢缑王与长水人虞常等人在匈奴内部谋反。缑王是昆邪王姐姐的儿子，与昆邪王一起降汉，后来又跟随浞野侯赵破奴重新陷胡地，在卫律统率的那些投降者中，暗中共同策划绑架单于的母亲阏氏归汉。正好碰上苏武等人到匈奴。虞常在汉的时候，一向与副使张胜有交往，私下拜访张胜，说："听说汉天子很怨恨卫律，我虞常能为汉廷埋伏弩弓将他射死。我的母亲与弟弟都在汉，希望受到汉廷的照顾。"张胜许诺了他，把财物送给了虞常。

一个多月后，单于外出打猎，只有阏氏和单于的子弟在家。虞常等七十余人将要起事，其中一人夜晚逃走，把他们的计划报告了阏氏及其子弟。单于子弟发兵与他们交战，缑王等都战死；虞常被活捉。单于派卫律审处这一案件。张胜听到这个消息，担心他和虞常私下所说的那些话被揭发，便把事情经过告诉了苏武。苏武说："事情到了如此地步，这样一定会牵连到我们。受到侮辱才去死,更对不起国家!"因此想自杀。张胜、常惠一起制止了他。虞常果然供出了张胜。单于大怒,召集许多贵族前来商议,想杀掉汉使者。左伊秩訾说:"假如是谋杀单于,又用什么更严的刑法呢?应当都叫他们投降。"单于派卫律召唤苏武来受审讯。苏武对常惠说:"丧失气节、玷辱使命,即使活着,还有什么脸面回到汉廷去呢!"说着拔出佩带的刀自刎,卫律大吃一惊,自己抱住、扶好苏武,派人骑快马去找医生。医生在地上挖一个坑,在坑中点燃微火,然后把苏武脸朝下放在坑上,轻轻地敲打他的背部,让淤血流出来。苏武本来已经断了气,这样过了好半天才重新呼吸。常惠等人哭泣着,用车子把苏武拉回营帐。单于钦佩苏武的节操,早晚派人探望、询问苏武,而把张胜逮捕监禁起来。

　　苏武的伤势逐渐好了。单于派使者通知苏武,一起来审处虞常,想借这个机会使苏武投降。剑斩虞常后,卫律说:"汉使张胜,谋杀单于亲近的大臣,应当处死。单于招降的人,赦免他们的罪。"举剑要击杀张胜,张胜请求投降。卫律对苏武说:"副使有罪,应该连坐到你。"苏武说:"我本来就没有参予谋划,又不是他的亲属,怎么谈得上连坐?"卫律又举剑对准苏武,苏武岿然不动。卫律说:"苏君!我卫律以前背弃汉廷,归顺匈奴,幸运地受到单于的大恩,赐我爵号,让我称王;拥有奴隶数万、马和其他牲畜满山,如此富贵!苏君你今日投降,明日也是这样。白白地用身体给草地做肥料,又有谁知道你呢!"苏武毫无反应。卫律说:"你顺着我而投降,我与你结为兄弟;今天不听我的安排,以后再想见我,还能得到机会吗?"

　　苏武痛骂卫律说:"你做人家的臣下和儿子,不顾及恩德义理,背叛皇上、抛弃亲人,在异族那里做投降的奴隶,我为什么要见你!况且单于信任你,让你决定别人的死活,而你却居心不平,不主持公道,反而想要使汉皇帝和匈奴单于二主相斗,旁观两国的灾祸和损失!南越王杀汉使者,结果九郡被平定。宛王杀汉使者,自己头颅被悬挂在宫殿的北门。朝鲜王杀汉使者,随即被讨平。唯独匈奴未受惩罚。你明知道我决不会投降,想要使汉和匈奴互相攻打。匈奴灭亡的灾祸,将从我开始了!"卫律知道苏武终究不可胁迫投降,报告了单于。单于越发想要使他投降,就把苏武囚禁起来,放在大地窖里面,不给他喝的吃的。天下雪,苏武卧着嚼雪,同毡毛一起吞下充饥,几日不死。匈奴以为神奇,就把苏武迁移到北海边没有人的地方,让他放牧公羊,说等到公羊生了小羊才得归汉。同时把他的部下及其随从人员常惠等分别安置到别的地方。

苏武迁移到北海后,粮食运不到,只能掘取野鼠所储藏的野生果实来吃。他拄着汉廷的符节牧羊,睡觉、起来都拿着,以致系在节上的牦牛尾毛全部脱尽。一共过了五六年,单于的弟弟於靬王到北海上打猎。苏武会编结打猎的网,矫正弓弩,於靬王颇器重他,供给他衣服、食品。三年多过后,於靬王得病,赐给苏武马匹和牲畜、盛酒酪的瓦器、圆顶的毡帐篷。王死后,他的部下也都迁离。这年冬天,丁令人盗去了苏武的牛羊,苏武又陷入穷困。

当初,苏武与李陵都为侍中。苏武出使匈奴的第二年,李陵投降匈奴,不敢访求苏武。时间一久,单于派遣李陵去北海,为苏武安排了酒宴和歌舞。李陵趁机对苏武说:"单于听说我与你交情一向深厚,所以派我来劝说足下,愿谦诚地相待你。你终究不能回归本朝了,白白地在荒无人烟的地方受苦,你对汉廷的信义又怎能有所表现呢?以前你的大哥苏嘉做奉车都尉,跟随皇上到雍棫宫,扶着皇帝的车驾下殿阶,碰到柱子,折断了车辕,被定为大不敬的罪,用剑自杀了,只不过赐钱二百万用以下葬。你弟弟孺卿跟随皇上去祭祀河东土神,骑着马的宦官与驸马争船,把驸马推下去掉到河中淹死了。骑着马的宦官逃走了。皇上命令孺卿去追捕,他抓不到,因害怕而服毒自杀。我离开长安的时候,你的母亲已去世,我送葬到阳陵。你的夫人年纪还轻,听说已改嫁了,家中只有两个妹妹,两个女儿和一个男孩,如今又过了十多年,生死不知。人生像早晨的露水,何必长久地像这样折磨自己!我刚投降时,终日若有所失,几乎要发狂,自己痛心对不起汉廷,加上老母拘禁在保宫,你不想投降的心情,怎能超过当时我李陵呢!并且皇上年纪大了,法令随时变更,大臣无罪而全家被杀的有十几家,安危不可预料。你还打算为谁守节呢?希望你听从我的劝告,不要再说什么了!"

苏武说:"我苏武父子无功劳和恩德,都是皇帝栽培提拔起来的,官职升到列将,爵位封为通侯,兄弟三人都是皇帝的亲近之臣,常常愿意为朝廷牺牲一切。现在得到牺牲自己以效忠国家的机会,即使受到斧钺和汤镬这样的极刑,我也心甘情愿。大臣效忠君王,就像儿子效忠父亲,儿子为父亲而死,没有什么可恨,希望你不要再说了!"

李陵与苏武共饮了几天,又说:"你一定要听从我的话。"苏武说:"我料定自己已经是死去的人了!单于一定要逼迫我投降,那么就请结束今天的欢乐,让我死在你的面前!"李陵见苏武对朝廷如此真诚,慨然长叹道:"啊,义士!我李陵与卫律的罪恶,上能达天!"说着眼泪直流,浸湿了衣襟,告别苏武而去。李陵不好意思亲自送礼物给苏武,让他的妻子赐给苏武几十头牛羊。

后来李陵又到北海,对苏武说:"边界上抓住了云中郡的一个俘虏,说太守以下的官吏百姓都穿白的丧服,说是皇上死了。"苏武听到这个消息,面向南放声大哭,吐血,每天早晚哭吊达几月之久。

汉昭帝登位,几年后,匈奴和汉达成和议。汉廷寻求苏武等人,匈奴撒谎说苏武已死。后来汉使者又到匈奴,常惠请求看守他的人同他一起去,在夜晚见到了汉使,原原本本地述说了几年来在匈奴的情况。告诉汉使者要他对单于说:"天子在上林苑中射猎,射得一只大雁,脚上系着帛书,上面说苏武等人在北海。"汉使者万分高兴,按照常惠所教的话去责问单于。单于看着身边的人十分惊讶,向汉使道歉说:"苏武等人的确还活着。"于是李陵安排酒筵向苏武祝贺，说："今天你还归，在匈奴中扬名，在汉皇族中功绩显赫。即使古代史书所记载的事迹，图画所绘的人物，怎能超过你！我李陵虽然无能和胆怯，假如汉廷姑且宽恕我的罪过，不杀我的老母，使我能实现在奇耻大辱下积蓄已久的志愿，这就同曹沫在柯邑订盟可能差不多，这是以前所一直不能忘记的！逮捕杀戮我的全家，成为当世的奇耻大辱，我还再顾念什么呢？算了吧，让你了解我的心罢了！我已成异国之人，这一别就永远隔绝了！"李陵起舞，唱道："走过万里行程啊穿过了沙漠，为君王带兵啊奋战匈奴。归路断绝啊刀箭毁坏，兵士们全部死亡啊我的名声已败坏。老母已死，虽想报恩何处归！"李陵泪下纵横，于是同苏武永别。单于召集苏武的部下，除了以前已经投降和死亡的，总共跟随苏武回来的有九人。

　　苏武于汉昭帝始元六年(公元前 81 年)春回到长安。昭帝下令叫苏武带一份祭品去拜谒武帝的陵墓和祠庙。任命苏武做典属国，俸禄中二千石；赐钱二百万，官田二顷，住宅一处。常惠、徐圣、赵终根都任命为皇帝的侍卫官，赐给丝绸各二百匹。其余六人，年纪大了，回家，赐钱每人十万，终身免除徭役。常惠后来做到右将军，封为列侯，他自己也有传记。苏武被扣在匈奴共十九年，当初壮年出使，等到回来，胡须头发全都白了。

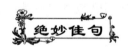
绝妙佳句

　　径万里兮度沙幕，为君将兮奋匈奴。

　　路穷绝兮矢刃摧，士众灭兮名已隤。

作者简介

陈寿(公元 233—297 年),字承祚,西晋巴西安汉(今四川南充)人,西晋史学家。年轻时好学,拜同郡人谯周为师,曾任蜀汉观阁令史。主要著作有《三国志》《古国志》《益都耆旧传》等。《三国志》是一部记载魏、蜀、吴三国鼎立时期的纪传体国别史,《华佗传》即选于此,它详细地介绍了一代名医华佗的生平事迹。

华佗传（节选）

华佗，字元化，沛国谯人也①，一名旉②。游学徐土③，兼通数经④。沛相陈珪举孝廉⑤，太尉⑥黄琬辟⑦，皆不就。晓养性之术，时人以为年且百岁，而貌有壮容。又精方药，其疗疾，合汤不过数种，心解分剂⑧，不复称量，夷熟便饮，语其节度⑨，舍去，辄愈⑩。若当灸，不过一两处，每处不过七八壮，病亦应除。若当针，亦不过一两处，下针言"当引某许⑪，若至，语人"，病者言"已到"，应便拔针，病亦行差⑫。若病结积在内，针药所不能及，当须刳割者⑬，便饮其麻沸散，须臾便如醉死，无所知，因破取。病若在肠中，便断肠湔洗，缝腹膏摩⑭，四五日差，不痛，人亦不自寤⑮，一月之间，即平复矣。

一日见一人病咽塞，嗜食而不得下，家人车载欲往就医。佗闻其呻吟，驻车，往视，语之曰："向来道边有卖饼家⑯，蒜齑大酢⑰，从取三升饮之，病自当去。"即如佗言，立吐她一枚⑱，县车边⑲，欲造佗⑳。佗尚未还，小儿戏门前，逆见㉑，自相谓曰："似逢我公㉒，车边病是也㉓。"疾者前入坐，见佗北壁县此地辈约以十数。

广陵太守陈登得病，留中烦懑，面赤不食。佗脉之曰："府君胃中有虫数升，欲成内疽㉔，食腥物所为也㉕。"即作汤二升，

先服一升，斯须尽服之㉖。食顷㉗，吐出三升许虫㉘，赤头皆动，半身是生鱼脍也㉙，所苦便愈。佗曰："此病后三期当发㉚；遇良医乃可济救。"依期果发动，时佗不在；如言而死。太祖闻而召佗，佗常在左右。太祖苦头风㉛，每发，心乱目眩。佗针鬲㉜，随手而差。佗之绝技，凡类此也。

然本作士人，以医见业，意常自悔。后太祖亲理㉝，得病笃重㉞，使佗专视。佗曰："此近难济，恒事攻治，可延岁月。佗久远家思归，因曰："当得家书，方欲暂还耳。"到家，辞以妻病，数乞期不反㉟。太祖累书呼㊱，又敕郡县发遣。佗恃能厌食事㊲，犹不上道㊳。太祖大怒，使人往检：若妻信病㊴，赐小豆四十斛㊵，宽假限日；若其虚诈，便收送之。於是传付许狱㊶，考验首服㊷。荀彧谓曰："佗术实，人命所县㊸，宜含宥之㊹。"太祖曰："不忧，天下当无此鼠辈邪㊺？"遂考竟佗㊻。佗临死，出一卷书与狱吏，曰："此可以活人。"吏畏法不受，佗亦不强㊼，索火烧之。佗死后，太祖头风未除。太祖曰："佗能愈此。小人养吾病，欲以自重，然吾不杀此子，亦终当不为我断此根原耳。"及后爱子仓舒病困㊽，太祖欢曰："吾悔杀华佗，令此儿强死也㊾。

广陵吴普、彭城樊阿皆从佗学㊿。普依准佗治(51)，多所全济(52)。佗语普曰："人体欲得劳动，但不当使极尔。动摇则谷气得消(53)，血脉流通，病不得生，譬犹户枢不朽是也(54)。是以古之仙者为导引之事，熊颈鸱顾(55)，引挽腰体(56)，动诸关节，以求难老。吾有一术，名五禽之戏：一曰虎，二曰鹿，三曰熊，四曰援⑤⑦，五日鸟。亦以除疾，并利蹄足，以当导引。体中不快，起作一禽之戏，沾濡汗出⑤⑧，因上著粉⑤⑨身体轻便，腹中欲食；普施行之，年九十余，耳目聪明，齿牙完坚。阿善针术⑥⑩。凡医咸言背及留藏之间不可妄针，针之不过四分，而阿针背入一二寸，巨阙宵藏针下五六寸⑥⑪，而病辄皆瘳⑥⑫。阿从佗求可服食益於人者，佗授以漆叶青黏散⑥⑬。漆叶屑一升，青黏眉十四两，以是为率⑥⑭。言久服去三虫，利五藏，轻体，使人头不白。阿从其言，寿百余岁。漆叶处所而有，青黏生於丰、沛、彭城及朝歌云⑥⑮。

注释

①沛国：汉代分封的王国。谯：沛国县名。今安徽亳(bó)县。

②敷："敷"的异体字。

③游学：外出求学。徐土：今徐州一带。

④经：指《诗》《书》《易》《礼》《春秋》等儒家经典著作。

⑤沛相：沛国的相。相，汉代改称为封国的宰相为相，相当于郡的太守。举：推举，推荐。孝廉：汉代选拔人才的科目。孝指孝子，廉指廉洁之士，合称孝廉。

⑥太尉：汉代最高军事长官。

⑦辟(bì)：征召。

⑧心解分剂：心里掌握了药物的分量和配伍比例。

⑨节度：谓服药的方法与注意事项。

⑩辄(zhé)：就。

⑪引某许：谓针感牵引到某处。许，处所。

⑫行差：将愈。行，将要。差，同"瘥"，病愈。

⑬刳(kū)：剖开。

⑭膏摩：用药膏敷摩。膏，用药膏，作状语。摩，敷摩。

⑮寤：醒，此谓知觉、感觉。

⑯向来：刚才。

⑰蒜齑：蒜汁。大酢：甚酸。酢，同"醋"。

⑱立：立刻，马上。虵："蛇"的异体字。此指人体内的寄生虫。

⑲县：同"悬"。悬挂。

⑳造：到，往。

㉑逆：迎着，迎面。

㉒公：指父亲。

㉓车边病：指车边悬挂的寄生虫。

㉔内疽：病名，腹内痈毒。

㉕腥物：指生鱼肉。腥，生肉。

㉖斯须：犹"须臾"。片刻，一会儿。

㉗食顷：吃一顿饭的工夫。

㉘许：左右，表示约数。

㉙生鱼脍：生的鱼肉丝。脍，切细的肉丝。

㉚期：期限。

㉛太祖：指曹操。

㉜针：针刺，用作动词。鬲：同"膈"，膈俞穴。

㉝亲理：亲自处理国事。

㉞笃重：深重，沉重。笃，重。

㉟数(shuò)：多次，屡次。乞期：请求延长假期。

㊱累：多次，屡次。书：发信，写信。

㊲厌食事:厌倦拿俸禄侍奉人。此谓不愿专门为曹操服务。

㊳犹:仍旧,依然。

㊴信:的确,确实。

㊵斛:量词,宋以前以十斗为一斛。

㊶收:逮捕。送:押送。

㊷考验:拷问审核,首服:供认服罪。

㊸荀或:字文若。曹操的谋士。

㊹含宥(yòu):宽恕。

㊺当:还。鼠辈:犹"鼠类",对人的一种蔑称。

㊻考竟:在狱中处死。《释名·释丧制》:"狱死曰考竟。考得其情,竟其命于狱也。"

㊼强:同"强",勉强。

㊽病困:病危。

㊾缰死:于非命,指活活死去。

㊿彭城:汉代郡国名,今江苏铜山一带。

51依准:依照。

52多所全济:所全济者多,治好的病人多、全。

53但不当使极尔:只是不应当使它疲劳过度罢了。但……尔:只是……罢了。极,疲。

54户枢:门轴。

55熊颈鸱顾:像熊一样攀挂,像鸱鸟一样左右回顾。

56引挽:作状语,表示比况。

57猨:"猿"的异体字。

58沾濡:湿润的样子。

59因:于是,就。上:体表。

⑩善:擅长。

⑪凡:凡是,所有的。巨阙:穴位名,在脐上六寸。

⑫瘳(chōu):病愈。

⑬漆叶青黏散:古代方剂名。

⑭率:比例,标准。

⑮丰、沛、彭城及朝歌云:指四个地方。

　　华佗字元化,是沛国谯县人,又名旉。曾在徐州地区漫游求学,通晓几种经书。沛国相陈珪推荐他为孝廉,太尉黄琬征召他任职,他都不就任。华佗懂得养生之道,当时的人们认为他年龄将近一百岁,可外表看上去还像壮年人一样。又精通医方药物,他治病时,配制汤药不过用几味药,心里掌握着药物的分量、比例,用不着再称量,把药煮热,就让病人服饮,同时告诉服药的禁忌或注意事项,等到华佗一离开,病人也就好了。如果需要灸疗,也不过一两个穴位,每个穴位不过烧灸七八根艾条,病痛也就应手消除。如果需要针疗,也不过扎一两个穴位,下针时对病人说:"针刺感应应当延伸到某处,如果到了,请告诉我。"当病人说"已经到了",随即起针,病痛很快就痊愈了。如果病患集结郁积在体内,扎针吃药的疗效都不能奏效,应须剖开割除的,就饮服他配制的"麻沸散",一会儿病人就如醉死一样,毫无知觉,于是就开刀切除患处,取出结积物。病患如果在肠中,就割除肠子病变部分,洗净伤口和易感染部分,然后缝好腹部刀口,用药膏敷上,四五天后,病就好了,不再疼痛。开刀时,病人自己并不感到疼痛,一个月之内,伤口便愈合复原了。

　　一天,华佗走在路上,看见有个人患咽喉堵塞的病,想吃东西却不能下咽，家里人用车载着他去求医。华佗听到病人的呻吟声，就停车去诊视，告诉他们说："刚才我来的路边上有家卖饼的，有蒜泥和大醋，你向店主买三升来吃，病痛自然会好。"他们马上照华佗的话去做，病人吃下后立即吐出一条蛇一样的虫，他们把虫悬挂在车边，到华佗家去拜谢。华佗还没有回家，他的两个孩子在门口玩耍，迎面看见他们，小孩相互告诉说："像是遇到咱们的父亲了，车边挂着的'病'就是证明。"病人上前进屋坐下，看到华佗屋里北面墙上悬挂着这类寄生虫的标本大约有十几条。

广陵郡太守陈登得了病，心中烦躁郁闷，脸色发红，不想吃饭。华佗为他切脉说："您胃中有好几升虫，将在腹内形成毒疮，是吃生腥鱼、肉造成的。"马上做了二升药汤，先喝一升，一会儿把药全部喝了，过了一顿饭的工夫，陈登吐出了约莫三升小虫，小虫赤红色的头都会动，一半身体还是生鱼脍，病痛也就好了。华佗说："这种病三年后该会复发，碰到良医才以救活。"按照预计的时间果然旧病复发，当时华佗不在，正如华佗预言的那样，陈登最后死了。曹操听说华佗善治病，就把他召去，让他常守在身边。曹操被脑神经痛所苦，每当发作，就精神烦乱，眼睛昏花。华佗只要针刺膈俞穴，应手而愈。……华佗卓绝的医技，大都像以上所说的那样。

然而他本是读书人，却被人看成是以医术为职业的，心里常感懊悔。后来曹操亲自处理国事，病情更加严重，就让华佗专门为他个人看病。华佗说："这病近乎难以治好，不断地进行治疗，可以延长一些寿命。"华佗长期远离家乡，想回去看看，就对曹操说："刚才收到家中来信，正想短时回家一趟呢。"到家后，用妻子有病为借口来推托，多次请求延长假期不肯回来。曹操几次用书信召他，又命令郡县派人遣送华佗返回。华佗自恃有才能，厌恶吃侍候人的饭，还是不上路。曹操很生

气,派人前往查看:如果他妻子确实生病,就赐赠四十斛小豆,放宽假期;如果他虚假欺骗,就逮捕押送他回来。因此把华佗递解交付许昌监狱,拷问要他服罪。荀彧向曹操求情说:"华佗的医术确实高明,关系着人的生命安危,应该宽容赦免他。"曹操说:"不用担心,天下会没有这种无能鼠辈吗?"终于判决了华佗死罪。华佗临死前,拿出一卷医书给守狱的官吏,说:"这书可以用来救活人。"狱吏害怕触犯法律不敢接受,华佗也不勉强,讨火来把书烧掉了。华佗死了以后,曹操脑神经痛仍旧没有好。曹操说:"华佗本来能够治好这种病。这小子有意留着我的病根,想借此来抬高自己的地位,既然如此,如果我不杀掉他,他最终也不会替我断掉这病根的。"直到后来他的爱子仓舒病危,曹操才感叹地说:"我后悔杀了华佗,使这个儿子活活地死去了。"

广陵人吴普、彭城人樊阿都曾跟华佗学过医。吴普遵照华佗的医术治病,许多人被治好救活了。华佗对吴普说:"人的身体应该得到运动,只是不应当过度罢了。运动后水谷之气才能消化,血脉环流通畅,病就不会发生,比如转动着的门轴不会腐朽就是这样。因此以前修仙养道的人常做"气功"之类的锻炼,他们模仿熊攀挂树枝和鸱鹰转颈顾盼,舒腰展体,活动关节,用来求得延年益寿。我有一种锻炼方法,叫做"五禽戏",一叫虎戏,二叫鹿戏,三叫熊戏,四叫猿戏,五叫鸟戏,也可以用来防治疾病,同时可使腿脚轻便利索,用来当作"气功"。身体不舒服时,就起来做其中一戏,流汗浸湿衣服后,接着在上面搽上爽身粉,身体便觉得轻松便捷,腹中想吃东西了。"吴普施行这种方法锻炼,活到90岁时,听力和视力都很好,牙齿也完整牢固。樊阿精通针疗法。所有的医生都说背部和胸部内脏之间不可以乱扎针,即使下针也不能超过四分深,而樊阿针刺背部穴位深到一二寸,在胸部的巨阙穴扎进去五六寸,而病常常都被治好。樊阿向华佗讨教可以服用而且对人体有好处的药方，华佗便拿"漆叶青黏散"教给他。药方用漆叶的碎屑一升，青黏碎屑十四两，按这个比例配制，说是长期服用此药能打掉三种寄生虫，对五脏有利，使身体轻便，使人的头发不会变白。樊阿遵照他的话去做，活到100多岁。漆叶到处都有，青黏据说生长在丰、沛、彭城和朝歌一带。

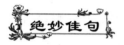

晓养性之术，时人以为年且百岁，而貌有壮容。

作者简介

范晔（公元 398—445 年），字蔚宗，南朝宋顺阳人，南北朝时期著名史学家。范晔早年曾任鼓城王刘义康的参军，后官至尚书吏部郎，宋文帝元嘉元年（公元 424 年）因事触怒刘义康，左迁为宣城郡（郡治在今安徽宣城）太守。范晔一生对社会的最大贡献则是撰写了被后人称之为前四史之一的《后汉书》。由于他的"后汉书"文约事详，逐渐取代了前人的著作。

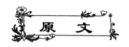

张衡传（节选）

张衡，字平子，南阳西鄂人也。衡少善属①文，游于三辅②，因入京师，观太学，遂通五经，贯六艺③。虽才高于世，而无骄尚之情。常从容淡静④，不好交接欲人。永元中，举孝廉不行，连辟公府不就⑤。时天下承平日久，自王侯以下莫不逾侈⑥。衡乃拟班固《两都》作《二京赋》，因以讽谏⑦。精思傅会，十年乃成。大将军邓骘奇其才⑧，累召不应。

衡善机巧⑨，尤致思于天文阴阳历算⑩。安帝雅闻衡善术学，公车特征拜郎中，再迁为太史令。遂乃研核阴阳，妙尽璇机之正⑪，作浑天仪，著《灵宪》《算罔论》，言甚详明。

顺帝初，再转复为太史令。衡不慕当世⑫，所居之官辄积年不徙⑬。自去史职，五载复还。

阳嘉元年，复造候风地动仪。以精铜铸成，员径八尺，合盖隆起，形似酒尊⑭，饰以篆文山龟鸟兽之形。中有都柱，傍行八道，施关发机。外有八龙，首衔铜丸，下有蟾蜍，张口承之。其牙机巧制，皆隐在尊中，覆盖周密无际。如有地动，尊则振龙，机发吐丸，而蟾蜍衔之。振声激扬，伺者因此觉知。虽一龙发机，而七首不动，寻其方面，乃知震之所在。验之以事，合契若神。自书典所记，未之有也。尝一龙机发而地不觉动，京师学者咸怪其无征⑮。

后数日驿至⑯,果地震陇西,于是皆服其妙。自此以后,乃令史官记地动所从方起。

时政事渐损,权移于下,衡因上疏陈事。

初,光武善谶,及显宗、肃宗因祖述焉⑰。自中兴之后,儒者争学图纬,兼复附以妖言。衡以图纬虚妄,非圣人之法,乃上疏。

后迁侍中,帝引在帷幄,讽议左右。尝问衡天下所疾恶者。宦官惧其毁己,皆共目之,衡乃诡对而出。阉竖恐终为其患,遂共谗之⑱。

衡常思图身之事,以为吉凶倚仗,幽微难明。乃作《思玄赋》以宣寄情志。

永和初,出为河间相。时国王骄奢,不遵典宪;又多豪右,共为不轨⑲。衡下车,治威严,整法度,阴知奸党名姓,一时收禽⑳,上下肃然,称为政理。

视事三年,上书乞骸骨㉑,征拜尚书。年六十二,永和四年卒。

注释

①属:连缀。

②游于三辅:游学开封、洛阳、西安等地。

③通、贯:精通,贯通。

④从容淡静:举止行动,淡泊娴静。《礼记·缁衣》:"衣服不贰,从容有常。"孔颖达疏:"谓举动有其常度。"

⑤举孝廉:孝敬父母。辟公府:不任官职。

⑥逾侈:生活腐败。

⑦讽谏：呈上讽刺的奏章。

⑧大将军邓骘(zhì)：东汉大将军。奇：以其才为奇，形作意动。

⑨衡善机巧：制造巧妙的机械。

⑩尤致思：善于思考。阴阳：指日月运行。

⑪妙尽璇机之正：精妙地研究透了测天仪的道理。

⑫衡不慕当世：即不羡慕当世的掌权者。

⑬所居之官辄积年不徙：职务多年得不到提升。

⑭合盖隆起：上下相合盖住中间隆起部位。形似酒尊：同樽，酒杯。

⑮咸怪其无征：征，是应验、征验、效验的意思，不宜作"证据"讲。

⑯驿至：骑马报信。

⑰光武善谶，及显宗、肃宗因祖述焉：都充分说明东汉初年的几位帝王欲继续利用谶纬巩固政治统治的主观愿望。而这又必须将谶纬的解释权完全控制在自己手里。

⑱阉竖恐终为其患，遂共谗之：宦官害怕他得势，群起而毁谤。

⑲又多豪右，共为不轨：很多豪门大族彼此勾结干坏事。

⑳收禽：即收擒，逮捕。

㉑视事：即从事，管理。乞骸骨：请求朝廷。

译文

张衡，字平子，是南阳郡西鄂县人。张衡年轻时就善于写文章，到西汉故都长安及其附近地区考察、学习，并趁此机会前往京城洛阳，到太学观光、学习，于是通晓了五经、六艺。虽然才学高出当时一般人，却没有骄傲自大的情绪。（他）总是从容不迫，淡泊宁静，不爱和庸俗的人们往来。（汉和帝）永元年间，被推荐为孝廉，没有去应荐；三公官署屡次召请去任职

（他）也不去应召。当时社会长期太平无事，从王侯直到下边的官吏，没有谁不过度奢侈的。张衡就仿照班固的《两都赋》写了一篇《二京赋》，用来讽喻规劝。精心地构思写作，（经过）十年才完成。大将军邓骘认为他是奇才，多次召请，（他）也不去应召。

张衡擅长机械方面制造的技巧，尤其专心研究天文、气象、岁时节候的推算。汉安帝常听说张衡精通天文、历法等术数方面的学问，就派官府专车，特地召请（张衡）任命他为郎中，后又升为太史令。于是他研究、考察了自然界的变化，精妙透彻地掌握了测天仪器的原理，制造了浑天仪，写了《灵宪》《算罔论》等关于历法、数学方面的论著，论述十分详尽明白。

汉顺帝初年，（张衡）又被调回重当太史令。他不慕高官厚禄，所担任的官职，常常多年得不到提升。从离开太史令职务，五年后又恢复原职。

顺帝阳嘉元年，（张衡）又制造了候风地动仪。是用纯铜铸造的，直径有八尺，盖子中央凸起，样子像个大酒樽。外面用篆体文字和山、龟、鸟、兽的图案装饰，内部中央有根粗大的铜柱，铜柱周围伸出八条滑道，（还）装置着枢纽，（用来）拨动机件。外面有八条铜龙，龙口各含一枚铜丸，（龙头）下面各有一个蛤蟆，张着嘴巴，准备接住龙口吐出的铜丸，仪器的枢纽和机件制造的巧妙，都隐藏在酒樽形的仪器中，覆盖严密得没有一点缝隙。如果发生地震，仪器外面的龙就震动起来，机关发动，龙口吐出铜丸，下面的蛤蟆就把它接住。（铜丸）震击的声音清脆响亮，守候仪器的人因此知道发生了地震。（地震发生时）虽然只有一条龙的机关发动，另外七个龙头丝毫不动，寻找它的方向，就能知道地震的地方。用实际发生的地震来检验仪器，彼此完全相符，真是灵验如神。从古籍的记载中，还看不到这样的仪器。曾有一次，一条龙的机关发动了，可是（洛阳）并没有感到地震，京城里的学者都惊异地动仪这次怎么不灵验了。几天后，驿站上传送文书的人来了，证明果然在陇西地区发生了地震，于是全都叹服地动仪的巧妙。从此以

89

逝者如斯

后,(朝廷)就责成史官根据地动仪,记载每次地震发生的方位。

当时政治越来越腐败,大权落到了宦官手里,张衡于是给皇帝上疏陈述政事,提出关于政事的意见。

东汉王朝建立之初,汉光武喜欢符谶,以至后来的显宗、肃宗也就继承效法他。从汉光武复兴汉王朝之后,儒生争相学习图谶和纬书,加上还附以迷惑人的邪说。张衡认为图谶和纬书虚假荒谬,不是圣人的法规,于是给皇帝上疏。

后来张衡升任侍中,顺帝任用他入宫廷,在自己左右对国家的政事提出意见。顺帝曾经询问张衡天下所痛恨的人。宦官们害怕他说自己的坏话,都用眼睛瞪着他,张衡便用一些不易捉摸的话回答后出来了。这些阉人竖子还是担心张衡终究会成为他们的祸害,于是就群起而毁谤张衡。

张衡也常考虑自身安全的事,认为祸福相因,幽深微妙,难以知道。于是作《思玄赋》来抒发和寄托自己的感情志趣。

顺帝永和初年,张衡被调出京城,去当河间王刘政的相国。当时河间王骄横奢侈,不遵守法令制度;(河间地区)又有很多豪门大户,和刘政一道胡作非为,张衡一到任就树立威信,整顿法制,暗中探知一些奸党分子的姓名,一下子全都抓起来,官民上下都很敬畏,赞颂河间地区政治清明。

张衡治理河间政务三年后,就向朝廷上书,请求辞职告老还乡,朝廷却把他调回京城,任命为尚书。(张衡)活到 62 岁,永和四年与世长辞。

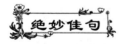

绝妙佳句

衡下车,治威严,整法度,阴知奸党名姓,一时收禽,上下肃然,称为政理。

作 者 简 介

　　苏轼(1037—1101年)字子瞻,号东坡居士,四川眉山人。北宋著名政治家,思想家,文学家。苏轼是继欧阳修之后宋代古文运动的领袖,散文作品留存至今约4000余篇。他的重大贡献在于和欧阳修一起建树了一种稳定成熟的散文风格,世称"欧苏"。他的散文与其诗歌一样清新自然,逢源自始,亦庄亦谐,大巧若拙,题材广阔,内容丰富,是北宋散文走向成熟的标志。

方山子传①

　　方山子，光、黄间隐人也②。少时慕朱家、郭解为人③，同里之侠皆宗之④。稍壮，折节读书⑤，欲以此驰骋当世，然终不遇。晚乃遁于光、黄间，曰岐亭⑥。庵居蔬食⑦，不与世相闻。弃车马，毁冠服⑧，徒步往来山中，人莫识也。见其所著帽，方屋而高，曰："此岂古方山冠之遗像乎⑨？"因谓之方山子。

　　余谪居于黄，过岐亭，适见焉⑩，曰："呜呼！此吾故人陈慥季常也⑪，何为而在此？"方山子亦矍然问余所以至此者⑫。余告之故，俯而不答，仰而笑，呼余宿其家。环堵萧然⑬，而妻子奴婢皆有自得之意⑭。

　　余既耸然异之⑮，独念方山子少时，使酒好剑⑯，用财如粪土。前十有九年⑰，余在岐山⑱，见方山子从两骑，挟二矢，游西山，鹊起于前，使骑逐而射之，不获。方山子怒马独出，一发得之。因与余马上论用兵及古今成败，自谓一世豪士。今几日耳，精悍之色，犹见于眉间，而岂山中之人哉⑲！

　　然方山子世有勋阀，当得官⑳，使从事于其间，今已显闻㉑。而其家在洛阳，园宅壮丽，与公侯等㉒。河北有田，岁得帛千四，亦足以富乐。皆弃不取，独来穷山中，此岂无得而然哉㉓！

　　余闻光、黄间多异人，往往阳狂垢污，不可得而见，方山子傥见之与欤[24]！

注　释

①方山子：即陈慥，字季常，是苏轼的好朋友。

②光、黄：指光州和黄州，在今湖北黄冈地区。

③朱家、郭解：都是汉代时的游侠。

④闾里之侠：民间的侠义之士。闾里，乡里。宗：尊崇。

⑤折节：谓改变志向。

⑥岐亭：地名，在今湖北麻城西南。

⑦庵居蔬食：住草屋。

⑧冠服：指士人的衣服。

⑨方山冠：古代乐师戴的一种方形高帽。

⑩适：正巧。

⑪故人：老朋友。

⑫矍(jué)然：惊视的样子。

⑬环堵：四壁。

⑭自得：自己感到适意、满足。

⑮耸然：吃惊的样子。

⑯使酒：因酒使性。

⑰前十有九年：指宋仁宗嘉佑八年。

⑱岐山：地名，今陕西岐山县。

⑲而岂：而怎么是。

⑳勋阀：功勋，功劳。

㉑使：假使。显闻：指有地位，有名望。

㉒等：相等。

㉓此岂无得而然哉：意谓如无所得，岂能如此。

㉔傥(tǎng)：倘或，或者。

　　方山子，是光州、黄州一带的隐士。年轻时，仰慕汉代游侠朱家、郭解的为人，乡里的游侠之士都尊奉他。年岁稍长，就改变志趣，发奋读书，想以此来驰名当代，但是一直没有交上好运。到了晚年才隐居在光州、黄州一带名叫岐亭的地方。住茅屋，吃素食，不与社会各界来往。放弃坐车骑马，毁坏书生衣帽，徒步来往于山里，没有人认识他。人们见他戴的帽子上面方方的且又很高，就说："这不就是古代乐师戴的方山冠遗留下来的样子吗？"因此就称他为"方山子"。

　　我因贬官居住在黄州，有一次经过岐亭时，正巧碰见了他。我说："啊哟，这是我的老朋友陈慥陈季常呀，怎么会住在这里的呢？"方山子也惊讶地问我到这里来的原因。我把原因告诉了他，他低头不语，继而仰天大笑，请我住到他家去。他的家里四壁萧条，然而他的妻儿奴仆都显出怡然自乐的样子。

　　我对此感到十分惊异，就回想起方山子年轻的时候，曾是个嗜酒弄剑、挥金如土的游侠之士。十九年前，我在岐下，见到方山子带着两名骑马随从，身藏两箭，在西山游猎。只见前方一鹊飞起，他便叫随从追赶射鹊，未能射中。方山子拉紧缰绳，独自跃马向前，一箭射中飞鹊。他就在马上与我谈论起用兵之道及古今成败之事，自认为是一代豪杰。至今又过了多少日子了，但是一股英气勃勃的神色，依然在眉宇间显现，这怎么会是一位蛰居山中的人呢？

方山子出身于世代功勋之家，例应有官做，假如他能厕身官场，到现在已得高官荣名了。他原有家在洛阳，园林宅舍雄伟富丽，可与公侯之家相比。在河北地方还有田地，每年可得上千匹的丝帛收入，这些也足以使生活富裕安乐了。然而他都抛开了，偏要来到穷僻的山沟里，这难道不是因为他独有会心之处才会如此的吗？

我听说光州、黄州一带有很多奇人逸士，常常假装疯颠、衣衫破旧，但是无法见到他们。方山子或许能遇见他们吧。

今几日耳，精悍之色，犹见于眉间，而岂山中之人哉！

作 者 简 介

  宋濂(1310—1381 年)，字景濂，号潜溪，浦江(现在浙江义乌)人。他家境贫寒，但自幼好学，曾受业于元末古文大家吴莱、柳贯、黄等。他一生刻苦学习，"自少至老，未尝一日去书卷，于学无所不通"。在我国古代文学史上，宋濂与刘基、高启并列为明初诗文三大家。他的著作以传记小品和记叙性散文为代表，散文或质朴简洁，或雍容典雅，各有特色。朱元璋称他为"开国文臣之首"，刘基赞许他"当今文章第一"，四方学者称他为"太史公"。著有《宋学士文集》。

杜环小传(节选)

杜环,字叔循。其先庐陵人①,传父一元游宦江东②,遂家金陵③。一元固善士④,所与交皆四方名士⑤。环尤好学⑥,工书⑦,谨伤⑧,重然诺⑨,好周人急⑩。

父友兵部主事常允恭死于九江⑪,家破。其母张氏,年六十余,哭九江城下,无所归。有识允恭者,怜其老,告之曰:"今安庆守谭敬先⑫,非允恭友乎?盍往依之⑬?彼见母,念允恭故⑭,必不遗弃母。"母如其言⑮,附舟诣谭⑯。谭谢不纳⑰。母大困⑱,念允恭尝仕金陵⑲,亲戚交友或有存者⑳,庶万一可冀㉑。复哀泣从人至金陵㉒,问一二人,无存者。因访一元家所在,问:"一元今无恙否㉓?"道上人对以㉔:"一元死已久,惟于环存。其家直鹭洲坊中㉕,门内有双桔,可辨识。"

母服破衣㉖,雨行至环家㉗。环方对客坐见母,大惊,颇若尝见其面者㉘。因问曰:"母非常夫人乎?何为而至于此㉙?"母泣告以故㉚环亦泣,扶就座㉛,拜之,复呼妻子出拜。妻马氏解衣更母湿衣㉜,奉糜食母㉝,抱衾寝母㉞,母问其平生所亲厚故人㉟,及幼子伯章。环知故人无在者㊱,不足付㊲,又不知伯章存亡,姑慰之曰㊳:"天方雨,雨止为母访之㊴。苟无人事母㊵,环虽贫,独不能奉母乎㊶?且环父与允恭交好如兄弟,今母贫困,不归他人㊷,而归环家，此二父导之也㊸。愿母无他思㊹。”时兵后岁饥㊺，民骨肉不相保㊻。母见环家贫，雨止，坚欲出问他故人。环令媵女从其行㊼。至暮，果无所遇而返㊽，坐乃定㊾。

环购布帛，令妻为制衣衾。自环以下㊿，皆以母事之。母性褊急(51)，少不惬意(52)，辄诟怒(53)。环私戒家人(54)，顺其所为(55)，勿以困故轻慢与较(56)。母有痰疾，环亲为烹药(57)，进匕箸(58)；以母故(59)，不敢大声语。

越十年，环为太常赞礼郎(60)，奉诏祀会稽(61)。还，道嘉兴(62)，逢其子伯章，泣谓之曰：“太夫人在环家，日夜念少子成疾(63)，不可不早往见。”伯章若无所闻(64)，第曰(65)：“吾亦知之，但道远不能至耳。”环归半岁(66)，伯章来。是日(67)，环初度(68)。母见少子，相持大哭(69)。环家人以为不祥，止之。环曰：“此人情也，何不祥之有(70)？”既而伯章见母老，恐不能行，竟给以他事辞去(71)，不复顾(72)。环奉母弥谨(73)。然母愈念伯章，疾顿加(74)。后三年，遂卒。将死，举手向环曰：“吾累杜君，吾累杜君！愿杜君生子孙，咸如杜君(75)。”言终而气绝。环具棺椁殓殡之礼(76)，买地城南钟家山葬之，岁时常祭其墓云(77)。

环后为晋王府录事(78)，有名，与余交。

史官曰(79)：交友之道难矣！翟公之言曰(80)：“一死一生，乃知交情。”彼非过论也(81)，实有见于人情而云也。人当意气相得时(82)，以身相许(83)，若无难事(84)；至事变势穷(85)，不能蹈其所言而背去者多矣(86)！况既死而能养其亲乎(87)？吾观杜环事，虽古所称义烈之士何以过(88)。而世俗恒谓今人不逮古人(89)，不亦诬天下士也哉！

注 释

①庐陵:今江西省吉安市。

②游宦:到外地去做官。江东:指长江下游一带。

③金陵:今江苏省南京市。

④善士:纯洁正直的人。

⑤所与交:同一元交往的人。

⑥好(hào):喜爱。

⑦工书:擅长书法。

⑧谨饬(chì):言行都很谨慎。

⑨重然诺:不轻易答应别人,答应了就一定做到。然诺是诺言的意思。

⑩周:接济,援助。急:急难。

⑪兵部:官署名。掌管全国武官的选用和兵籍、军械、军令等事。主事:官名。在明代,主事为各部司官中最低的一级。九江:今江西省九江市。

⑫安庆:今安微省安庆市。守:地方上的长官。

⑬盍(hé):何不。

⑭故:这里指旧交的情分。

⑮如:依照。

⑯附舟:搭船。诣(yì):到,往见。

⑰谢不纳:拒绝接见。

⑱大困:陷于非常艰苦的境况。

⑲尝:曾经。仕:做官。

⑳存:活着。

㉑庶:也许。可冀:有希望。

㉒从：跟随。

㉓无恙（yàng）：这里指健在。恙是病的意思。

㉔对以：用下面的话回答说。

㉕直：当，位于。同"值"。

㉖服：穿。

㉗雨行：冒雨行路。

㉘颇若：很像是。

㉙何为：为什么。

㉚这句说：常母哭泣着把原因告诉了他。

㉛就座：坐到座位上去。

㉜解衣：脱下衣服。更：换。

㉝奉糜（mí）：恭恭敬敬地用手捧着一碗粥。食（sì）母：拿东西给常母吃。

㉞衾：被子。寝母：安排常母睡觉。

㉟亲厚：关系亲密和交情深厚。故人：旧交，老朋友。

㊱在：活着。

㊲付：托付。

㊳姑：暂且。

㊴访：探求，寻找。

㊵苟：假如。事：侍奉。

㊶独：唯独。

㊷归：这里是投奔的意思。

㊸这句说：这是由于两位老人家而引起的。

㊹无他思：不要有别的想法。

㊺兵后：战争之后。岁饥：庄稼的年成不好。

㊻骨肉：指最亲近的有血统关系的人，如父母、兄弟、子女等。不相保：

不能互相养活。

㊼媵(yìng)女:婢女。

㊽这句说:果然,她所要访问的人一个也没有遇到,于是她就回来了。

㊾坐乃定:这才坐定。意思是说:这才安心在杜环家中住了下来。

㊿自环以下:指以杜环为首的杜家所有的人。

(51)褊(biǎn)急:性情急躁。褊是狭小的意思。

(52)少:稍微。惬(qiè)意:满意。

(53)辄(zhé):总是。诟(gòu):怒骂。

(54)戒:这里是开导、叮嘱的意思。

(55)这句说:顺着她的意思,她想做什么,就让她做什么。

(56)这句说:不要因为她处境贫困而轻视怠慢,发生争论。

(57)烹:煮。

(58)匕箸(bǐzhù):饭勺和筷子。

(59)以母故:因为常母的缘故。

(60)太常:太常寺,官署名,掌管祭祀、礼乐等事。赞礼郎:官名,掌管赞相礼仪之事。

(61)祀(sì):祭祀。会(kuài)稽:今浙江省绍兴县。

(62)道:路上经过。嘉兴:今浙江省嘉兴县。

(63)少子:小儿子。

(64)若无所闻:好像什么话也没有听见。

(65)第:只,但。

(66)岁:年。

(67)是日:这一天。

(68)初度:生日。

(69)持:握。

⑦⑩这句说:有什么不吉祥的呢?"何不祥之有"是"有何不许"的倒装句。为了加强语气,所以在句式上作这样的变动。

⑦①绐(dài):欺骗。

⑦②顾:回头看。

⑦③弥谨:更加小心。

⑦④顿:立刻。

⑦⑤咸:全,都。

⑦⑥椁(guǒ):套在棺材外面的大棺材。这里指棺材。殓:把死尸装进棺材。殡:把棺材停放下来。

⑦⑦岁时:逢年过节。云:用于句末的语助词。

⑦⑧晋王:晋恭王朱?,明太祖朱元璋的第三个儿子。录事:王府的属官,掌管文书。

⑦⑨史官:作者自指。

⑧⑩翟公:汉文帝时人。他做官的时候,宾客盈门;当他罢官后,门可罗雀。后来,他又被起用,宾客们要去找他,他在门上写道:"一死一生,乃知交情;一贫一富,乃知交态;一贵一贱,交情乃见。"

⑧①过论:谬误的议论。

⑧②意气相得:彼此的心意都很投合。

⑧③以身相许:预先答应出力,不惜牺牲自己。

⑧④若无难事:好像是没有困难的事情。

⑧⑤这句说:到了事情剧变、局势恶化的时候。

⑧⑥蹈:实行。背去:违背诺言而去。

⑧⑦亲:父母。

⑧⑧这句说:即使是古时候所赞扬的那些有义气、正直的人,也不见得有什么高过他的地方。

⑧不逮(dài)：不及。

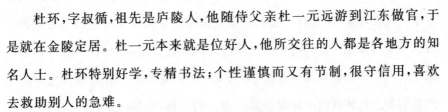

译 文

　　杜环，字叔循，祖先是庐陵人，他随侍父亲杜一元远游到江东做官，于是就在金陵定居。杜一元本来就是位好人，他所交往的人都是各地方的知名人士。杜环特别好学，专精书法；个性谨慎而又有节制，很守信用，喜欢去救助别人的急难。

　　杜环父亲的朋友兵部主事常允恭在九江死掉，家庭破碎。常母张氏，年纪六十多岁，在九江城下痛哭，无家可归。有认识常允恭的人，可怜常母年纪老迈，就告诉她说："现在的安庆太守谭敬先，不正是常允恭的朋友吗？何不前去投靠，他看到了您，顾念和常允恭的旧交情，必定不会抛弃您。"常母照那人的话去做，搭船去见谭敬先，谭却谢绝而不肯接纳。常母处境大为困窘。常母想到允恭曾经在金陵作过官，那儿也许还有亲戚、朋友活在世上，还有万分之一的希望，就再度哭哭啼啼随人到金陵。打听过一两人都已经不在了，于是就向人打听杜一元家在哪里，问："杜一元现在可安好吗？"路上的人回答她说："杜一元已经死很久了，只有他儿子杜环还活着；他家就在鹭洲坊里头，门内有两株橘子树可以辨认。"

　　常母穿着破烂的衣服，淋着雨走到杜环家里。杜环正与宾客对坐，当她看到常母，大为吃惊，似乎在哪里曾经见过面。于是就问她说："您不是常夫人吗？您为什么会到这里呢？"常母哭着告诉杜环原因，杜环听了也哭了出来。杜环扶着常母坐下，向她礼拜行礼。再把妻子叫出来拜见她。环妻马氏脱下衣服让常母更换淋湿的衣服，捧粥给常母吃，又抱出棉被让常母睡觉。常母问起允恭这生所亲近、交情深厚的老朋友近况，也问起她的小儿子常伯章在哪里。杜环知道常允恭的老朋友没有一个在这儿，（常母）

不能够托付给他们，又不知道常伯章是死、是活，就姑且安慰她说："现在正在下雨，等雨停了后，我再替您老人家去找找他吧！如果真没有人侍奉您老人家的话，我杜环虽然贫穷，难道就不能侍奉您老人家吗？况且先父和允恭交情好得像亲兄弟一样，现在您老人家贫穷困顿，您不到别人家里去，而来了我杜环家里，这真是他们两位老人家在冥冥中引导的啊！希望您老人家不要再多想了。"当时正是战争过后饥荒的岁月，百姓连亲身骨肉都以保全了。常母看杜环家境贫穷，雨停后，就坚决地要出去找找常允恭其他的老朋友。杜环就叫丫环跟在她后面。到了傍晚，常母果然没找到任何朋友而回来了。这时常母才定居下来。杜环买了些布帛，叫太太替常母缝制衣裳。从杜环以下，杜环全家人都把常母当母亲侍奉。

常母的个性急躁而又狭隘，只要稍稍不顺她的心意，往往就发怒骂人。杜环私底下告戒家里人，尽量顺从常母，不可以因为她贫穷困顿，就对她轻视、傲慢，和她计较。（常母）患有痰疾，杜环亲自替她煎烹药材，还一匙一匙地喂她喝；因为常母的缘故，杜环家人都不敢大声说话。

文学常识丛书

经过了十年，杜环担任太常赞礼郎的官职，奉诏令去祭祀会稽山。杜环回来路过嘉兴，正好遇到了常母小儿子常伯章。哭着对他说："太夫人在我家里头，因为日夜思念着你而生病了，你真应该早点儿去看看她老人家啊！"常伯章好像充耳不闻，只说："我也知道这件事情，只是路途遥远不能去哪。"就在杜环回家半年后，常伯章才来。这天正好是杜环的生日，常母看到了小儿子，两人抱在一起痛哭了起来。杜环家人认为这样不吉祥，就去劝阻他们。杜环说："这是人之常情哪，有什么不吉祥呢？"后来，常伯章看母亲年纪老迈，怕她无法远行，竟然拿其他事情欺骗常母就走掉了，而且再也没有回来看她了。杜环更加谨慎地事奉常母，然而常母更加想念小儿子伯章，病情突然加重了，三年之后就过世了。

常母快死的时候，举起手对杜环说："是我拖累了你哪！是我拖累了你哪！盼望以后杜君您的子子孙孙，都能够像您一样的好。"话说完就断了气。杜环替她准备了棺木，举行入敛安葬的礼仪，在城南锺家山买块地给她安葬，逢年过节去那儿扫墓、祭拜。

杜环后来担任晋王府的录事，很有名，和我有交情。

史官说："和朋友交往的道理真是难啊！从前汉朝的翟公说过：'人到了一死，一生的时候，才能够看出朋友真正的交情啊！'他说的并不是过分的言论，实在是有感于现实的人情世态才说的啊！人们在意气相投的时候，常常拿自己的生命来作保证，好像世界上没有什么困难的事情。可是到了事态变化、形势窘迫的时候，根本无法实践他们的诺言、背弃离开对方，实在是太多太多了哪！更何况是在朋友已经死亡了之后，而能够奉养他的亲人呢？我观察杜环的事迹，即便是古代所称赞的忠义烈士也比不上他啊，世俗常常说今人不如古人，这不也是冤屈了全天下了吧！"

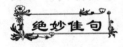

吾观杜环事，虽古所称义烈之士何以过。而世俗恒谓今人不逮古人，不亦诬天下士也哉！

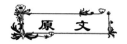

张养浩传（节选）

张养浩，字希孟，济南人。幼有行义，尝出，遇人有遗楮币①于途者，其人已去，追而还之。读书不辍，昼则默诵，夜则闭户，张灯窃读②。

授堂邑县尹。首毁淫祠③三十余所，罢旧盗之朔望参者，曰："彼皆良民，饥寒所迫，不得已而为盗耳；既加之以刑，犹以盗目之，是绝其自新之路也。"众盗感泣，互相戒曰："毋负张公。"有李虎者，尝杀人，其党暴戾为害，民不堪④命，旧尹莫敢诘问。养浩至，尽置诸法，民甚快之。去官十年，犹为立碑颂德。

英宗即位，命参议中书省事。会元夕，帝欲于内庭张灯为鳌山，即上疏于左丞相拜住。拜住袖⑤其疏入谏，其略曰："世祖临御三十余年，每值元夕，间阎⑥之间，灯火亦禁；况阙庭之严，宫掖之邃，尤当戒慎。今灯山之构，臣以为所玩者小，所系者大；所乐者浅，所患者深。伏愿以崇俭虑远为法，以喜奢乐近为戒。"帝大怒，既览而喜曰："非张希孟不敢言。"即罢之，仍赐尚服金织币一、帛一，以旌⑦其直。

天历二年，关中大旱，饥民相食，特拜陕西行台中丞。既闻命，即散其家之所有与乡里贫乏者，登车就道，遇饿者则赈之，死者则葬之。时斗米直十三缗⑧，民持钞出粜⑨，稍昏⑩即不用，诣库

换易,则豪猾^⑪党蔽,易十与五,累日不可得,民大困。乃检库中未毁昏钞文可验者,得一千八十五万五千余缗,悉以印记其背,又刻十贯、伍贯为券,给散贫乏。命米商视印记出粜,诣库验数以易之,于是吏弊不敢行。又率富民出粟,因上章请行纳粟补官之令。闻民间有杀子以奉母者,为之大恸^⑫,出私钱以济之。

到官四月,未尝家居,止宿公署,终日无少息。遂得疾不起,卒年六十。关中之人,哀之如失父母。

注 释

①楮(chǔ)币:元代发行的一种纸币。

②窃读:悄悄地读。

③淫祠:在正神(谷神、土神等)以外滥设的神祠,如供奉"狐仙""蛇妖"等的祠堂。

④堪:忍受。

⑤袖:藏在袖里。

⑥闾阎:指"里"或者"里巷"。

⑦旌(jǐng):表彰。

⑧缗(mín):货币,一缗即一贯钱。

⑨粜(tiào):粮食。

⑩稍昏:不清楚。

⑪豪猾:利用换钞盘剥百姓。

⑫大恸(tòng):大哭。

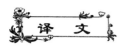

译 文

　　张养浩,字希孟,济南人。张养浩从小就有德行和节义。有一次他出门,碰到一个人,那人把钞票遗失在路上,当张养浩发现的时候,那个人已经走了,张养浩就追上去把钱还给他。一天到晚不停地读书,白天默默地背诵,夜晚就关上门,点上灯偷偷地读书。

　　张养浩被选拔任命为堂邑县尹。上任后首先拆毁了滥设的祠庙三十多所。免除曾经做过盗贼的人初一、十五参见县尹的规定,张养浩说:"他们都是老百姓,因为饥寒所逼迫,不得已而做了盗贼。既然已经按照刑罚对他们进行了惩处,还把他们看做盗贼,这是断绝了他们悔过自新的道路。"盗贼们感动得哭了。他们互相告戒说:"不要对不起张公。"有一个叫李虎的人,曾经杀过人,他的党羽凶恶残暴,为害百姓,人民无法忍受这种痛苦,原先的县尹没有一个敢于追查的。张养浩来到后,将李虎及其党羽都依法处治,老百姓非常高兴。张养浩调离堂邑十年,百姓仍然为他立碑,歌颂他的恩德。

文学常识丛书

　　元英宗继承皇位后,命令张养浩参与中书省的工作。适逢元宵节,皇帝打算在宫禁之内张挂花灯做成鳌山,张养浩立即将奏疏放在袖子里入宫谏阻,奏疏大概说:"元世祖执政三十多年,每当元宵佳节,民间尚且禁灯;威严的宫廷中更应当谨慎。现在皇帝打算在宫禁之内张挂花灯,我认为玩乐事小,影响很大;快乐得少,忧患很多。我希望(皇上)把崇尚节俭思虑深远作为准则,把喜好奢侈及时行乐作为警戒。皇帝大怒,看过奏疏之后又高兴地说:"不是张希孟不敢这样说。"于是取消了点燃花灯的计划。

　　天历二年,陕西大旱,饥饿的老百姓人吃人。皇帝特地任命张养浩为陕西行台中丞。张养浩接到任命后。便将家中财产分给村中的穷人,登车上路,遇到饥饿的人便救济他们,遇到死人便加以埋葬。当时一斗米值十三贯钱,老百姓拿着钞票出来买粮,(钞票)稍微有些不清便不能用,到府库去兑换,那些狡猾的官吏存心骗人,换十贯钱他们给五贯,许多天得不到,老百姓处境非常艰难。于是张养浩便检查府库中文字清楚可以检验的钞票,在钞票的背后都加盖官印,发给穷人。命令米商凭钞票背后的印记出售粮食,去府库验明数目以换取银两。于是官吏不敢再舞弊了。张养浩又带领富人拿出粮食。张养浩听说民间有为了奉养母亲而杀死自己儿子的人,他为此大为悲痛,拿出自己个人的钱接济那个人。

张养浩到任四个月,没有在家里住过,只在衙门里歇宿,一天到晚没有稍微的懈怠。于是卧病不起,去世时 60 岁。陕西人像失去了父母一样伤心。

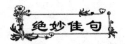
绝妙佳句

今灯山之构,臣以为所玩者小,所系者大;所乐者浅,所患者深。伏愿以崇俭虑远为法,以喜奢乐近为戒。"

作者简介

脱脱（1314—1355 年），亦作托克托，蒙古族，字大用，蔑里乞氏。元朝元统二年（1334 年），任同知宣政院事，后迁升中政使、同知枢密院事、御史大夫、中书右丞相。脱脱于至正三年（1344 年），主编《辽史》《宋史》《金史》，任都总裁官。此文选自《金史》。三史的编者有贺惟一（太平）、张起岩、欧阳玄等人。可见，这个写作班子是一个多民族的混合班子。

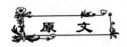

包拯传(节选)

　　包拯,字希仁,庐州合肥人也。始举进士,除大理评事,出知建昌县。以父母皆老,辞不就。得监和州税,父母又不欲行,拯即解官归养。后数年,亲继亡,拯庐墓①终丧,犹裴徊不忍去,里中父老数来劝勉。久之,赴调,知天长县。有盗割人牛舌者,主来诉。拯曰:"第②归,杀而鬻③之。"寻④复有来告私杀牛者,拯曰"何为割牛舌而又告之?"盗惊服。徙知端州⑤,迁殿中丞。端土产砚,前守缘贡,率取数十倍以遗权贵。拯命制者才足贡数,岁满不持一砚归。

　　寻拜监察御史里行,改监察御史。时张尧佐⑥除节度、宣徽两使,右司谏张择行、唐介与拯共论之,语甚切。又尝建言曰:"国家岁略契丹,非御戎之策。宜练兵选将,务实边备。"又请重门下封驳⑦之制,及废锢⑧赃吏,选守宰,行考试补荫弟子之法。当时诸道转运加按察使⑨,其奏劾官吏多摭细故⑩,务苛察相高尚,吏不自安,拯于是请罢按察使。

　　去使契丹,契丹令典客⑪谓拯曰:"雄州新开便门,乃欲诱我叛人,以刺疆事耶?"拯曰:涿州亦尝开门矣,刺疆事何必开便门哉?"其人遂无以对。

　　历三司户部判官,出为京东转运使,改尚书工部员外郎、直集贤院，徙陕西，又徙河北，入为三司户部副使。秦陇斜谷务造船材木，率课取⑫于民；又七州出赋河桥竹索，恒数十万，拯皆奏罢之。契丹聚兵近塞，边郡稍警，命拯往河北调发军食。拯曰："漳河沃壤，人不得耕，邢、洺、赵⑬三州民田万五千顷，率用牧马，请悉以赋民⑭。"从之。解州盐法率病民，拯往经度之，请一切通商贩。

除天章阁待制、知谏院⑮。数论斥权幸大臣，请罢一切内除曲恩⑯。又列上唐魏郑公⑰三疏，愿置之坐右，以为龟鉴⑱。又上言天子当明听纳，辨朋党，惜人才，不主先入之说，凡七事；请去刻薄，抑侥幸，正刑明禁，戒兴作，禁妖妄。朝廷多施行之。除龙图阁直学士、河北都转运使。尝建议无事时徙兵内地，不报。至是，请："罢河北屯兵，分之河南兖、郓、齐、濮、曹、济诸郡，设有警，无后期之忧。借日⑲戍兵不可遽减，请训练义勇，少给粮粮，每岁之费，不当屯兵一月之用，一州之赋，则所给者多矣。"不报。徙知瀛州，诸州以公钱贸易，积岁所负十余万，悉奏除之。以丧子乞便郡，知扬州，徙庐州，迁刑部郎中。坐失保任，左授兵部员外郎、知池州。复官，徙江宁府，召权知开封府，迁右司郎中。

拯立朝刚毅，贵戚宦官为之敛手⑳，闻者皆惮之。人以包拯笑比黄河清，童稚妇女，亦知其名，呼曰"包待制"。京师为之语曰："关节㉑不到，有阎罗包老。"旧制，凡讼诉不得径造㉒庭下。拯开正门，使得至前陈曲直，吏不敢欺。中官势族筑园榭，侵惠民河，以故河塞不通，适京师大水，拯乃悉毁去。或持地券自言有伪增步数㉓者,皆审验劾奏之。

迁谏议大夫、权御史中丞。奏曰:"东宫虚位㉔日久,天下以为忧,陛下持久不决,何也?"仁宗曰:"卿欲谁立?"拯曰:"臣不才备位,乞豫㉕建太子者,为宗庙万世计也。陛下问臣欲谁立,是疑臣也。臣年七十,且无子,非邀福者。"帝喜曰:"徐当议之。"请裁抑内侍,减节冗费,条责诸路监司,御史府得自举属官,减一岁休暇日,事皆施行。

张方平为三司使,坐买豪民产,拯奏劾㉖罢之;而宋祁代方平,拯又论之;祁罢,而拯以枢密直学士权三司使。欧阳修言:"拯所谓牵牛蹊田而夺之牛,罚已重矣,又贪其富,不亦甚乎!"拯因家居避命,久之乃出。其在三司,凡诸管库供上物,旧皆科率外郡,积以困民。拯特为置场和市,民得无扰。吏负钱帛多缧系㉗,间辄逃去,并械其妻子者,类皆释之。迁给事中,为三司使。数日,拜枢密副使。顷之,迁礼部侍郎,辞不受,寻以疾卒,年六十四。赠礼部尚书,谥孝肃。

拯性峭直,恶吏苛刻,务敦厚,虽甚嫉恶,而未尝不推以忠恕也。与人不苟合,不伪辞色悦人,平居无私书,故人、亲党皆绝之。虽贵,衣服、器用、饮食如布衣时。包孝肃公家训云:"后世子孙仕宦㉘,有犯赃滥者,不得放归本家;亡殁㉙之后,不得葬于大茔㉚之中。不从吾志,非吾子孙。"共三十七字,其下押字㉛又云:"仰㉜珙㉝刊㉞石,竖于堂屋东壁,以诏㉟后世。初,有子名繶,娶崔氏,通判潭州,卒。崔守死,不更嫁。拯尝出其媵㊱,在父母家生子,崔密抚其母,使谨视之。繶死后,取媵子归,名曰《縰》。有奏议十五卷。

注 释

①庐墓:服丧期间在墓旁搭小屋居住,守护坟墓。

②第:只管。

③鬻(yù):卖。

④寻:不久。

⑤端州:治所在高要(今广东肇庆市)。

⑥张尧佐:时任三司史。因搞的诸路困顿而遭弹劾。

⑦门下封驳:古代在门下省设置封驳司,负责驳正封还君臣的失误诏命或奏章。

⑧废锢:罢免限制。

⑨按察使:掌监察州县官吏、举善纠恶的官。

⑩细故:下毛病。

⑪典客:接待异族宾客的官。

⑫课取:按定额征取。

⑬邢、洺、赵:今河北石家庄以南地区。

⑭赋民:退还百姓耕种。

⑮知谏院:谏院的长官。掌握和管理大臣百官提出的信谏。

⑯曲恩:皇帝命官授职自作主张。

⑰魏郑公:即魏征,字玄成,是唐太宗最信任的大臣,不计个人得失,敢于直谏进言。

⑱龟鉴:借鉴。

⑲借曰:如果说。

⑳敛手：收敛，制不敢胡作非为。

㉑关节：暗中行贿。

㉒径造：直接到。

㉓伪增步数：私自增加自己的土地。

㉔东宫虚位：太子未立位。

㉕豫：通"预"，预先准备。

㉖奏劾：奏章、弹劾。

㉗缧系：捆绑。

㉘仕宦：从政、作官。

㉙亡殁：死亡。

㉚大茔：祖坟。文中指包氏祖坟。

㉛押字：在文书上签字。

㉜仰：敬词，旧时公文用语。

㉝珙：包珙，包拯的儿子。

㉞刊：刻。

㉟诏：告，晓喻。

㊱媵：妾。

译 文

包拯，字希仁，庐州合肥人。最初考中进士，被授为大理评事，出任建昌县的知县。因为父母亲年纪都大了，包拯辞官不去赴任。得到监和州税的官职，父母又不想让他离开，包拯就辞去官职，回家赡养老人。几年之后，他的父母亲相继去世，包拯在双亲的墓旁筑起草庐，直到守丧期满，还是徘徊犹豫、不忍离去，同乡父老多次前来劝慰勉励。过了很长时间，包拯才去接受调遣,担任了天长县的知县。有盗贼将人家牛的舌头割掉了,牛的主人前来上诉。包拯说:"你只管回家,把牛杀掉卖了。"不久又有人来控告,说有人私自杀掉耕牛,包拯道:"你为什么割了人家的牛舌还要来控告别人呢?"这个盗贼听罢又是吃惊又是佩服。移任端州知州,升为殿中丞。端州这地方出产砚台,他的前任知州假借上贡的名义,随意多征几十倍的砚台来送给权贵们。包拯命令工匠只按照上贡朝廷的数目制造。一年过去,他没有拿一块砚台回家。

不久,包拯被授为监察御史里行,改任监察御史。当时张尧佐被任命为节度使兼宣徽两院使,右司谏张择行、唐介和包拯一齐对此进行辩论,话语十分恳切。又曾建议说:"国家每年用岁币贿赂契丹,这并非防御戎狄的良策,应该训练士卒、选拔将领,致力于充实和巩固边防。"又请求朝廷重视门下省封驳制度,以及废罢和禁铜贪赃枉法的官吏,选拔地方长官,实行对补荫弟子进行考试的制度。当时各路转运使都兼任按察使,往往摘取无关紧要的小节来上奏弹劾官吏,专门以苛刻的考察来相互标榜、自诩高明,使得地方官吏十分不安,包拯于是请求朝廷废罢了按察使之职。

文学常识丛书

包拯出使契丹,契丹让典礼官对包拯说:"雄州城新开了一个便门,是不是想招诱我国叛逆之人以刺探边疆情报呀?"包拯说:"涿州城也曾经开过便门,刺探边境情报何必用开便门的方式呢?"那人于是无言以对。

历任三司户部判官,出任京东转运使,改授尚书工部员外郎、直集贤院,移任陕西,又移任河北,进京担任三司户部副使。秦陇斜谷专门置办造船用的木材,随意向老百姓摊派征取,而且这里的七个州负责提供造河桥用的竹索,常常多达几十万,包拯都上奏朝廷,停止了这些摊派。契丹在边境附近集结军队,边境的州郡逐渐紧张起来,朝廷命令包拯到河北调发军粮。包拯说:"漳河地区土地肥沃,百姓却不能耕种,邢、名、赵三州有民田一万五千顷,都用来牧马,请求全部给老百姓耕种。"朝廷答应了他的请求。

解州盐法往往给百姓造成负担,包拯前往经营治理,请求朝廷全部进行通商贸易。

包拯被任命为天章阁待制、知谏院。多次议论和斥责受宠信的权臣,请求朝廷废止所有内授官职等不正当的恩宠。又罗列上陈唐代魏征的三篇奏疏,希望皇帝把它们当作座右铭和借鉴。又上章陈述天子应当明智地听取和采纳臣下的意见,辨清结党营私的人,爱惜有才能的人,不能坚持先入为主的主观意见,一共是七件事;又请求去除刻薄的风气,抑制投机取巧的人,端正刑典,明确禁令,不要轻易大兴土木,禁止妖妄荒诞的事情,朝廷大多实施推行了这些意见。包拯被任命为龙图阁直学士、河北都转运使。曾建议在边境无事时将军队移到内地,但没有得到答复。包拯请求:"罢除河北的屯兵,将他们分别安置在黄河以南的兖、郓、齐、濮、曹、济各州即使边境告急,也无需担心来不及调遣。如果说边境的守兵不能一下子减少,那么就请求朝廷训练义勇,减少干粮,每年的花费,比不上屯兵一个月的费用,一州的财赋就很充足了。"没有得到答复。

移任瀛州知州,各州用公家的钱进行贸易,每年累计亏损十多万,包拯上奏全部罢除。因为儿子去世,包拯请求在方便的州郡任职,做扬州知州,又移任庐州为刑部郎中。因为保荐官员有失而获罪,被降为兵部员外郎、池州知州。官复原职,移任江宁府知府,朝廷召任权知开封府,升为右司郎中。包拯在朝廷为人刚毅,贵戚宦官为之收敛,听说过包拯的人都很怕他。人们把包拯笑比黄河水清了,儿童妇女也知道他的大名,喊他为"包待制""包青天"。以前的制度规定,凡是告状不得直接到官署庭下。包拯打开官府正门,使告状的人能够直接到他面前陈述是非曲直,使胥吏不敢欺骗长官。朝中官员和势家望族私筑园林楼榭,侵占了惠民河,因而使河道堵塞不通,正逢京城发大水,包拯于是将那些园林楼谢全部毁掉。有人拿着地券虚报自己的田地数,包拯都严格地加以检验,上奏弹劾弄虚作假的人。

升任谏议大夫后，包公上奏说："太子空缺的时间已经很久了，天下人都很担忧，陛下长时间犹豫不决，这是为什么？"仁宗说："你想让谁立为太子呢？"包拯说："微臣我没什么才能而担任朝廷官职，之所以请求皇上预立太子，是为国家长远着想。陛下问我想让谁做太子，这是怀疑我啊。我已年届七十，又没有儿子，并不是谋求好处的人。"皇帝高兴地说："我会慢慢考虑这件事的。"包拯请求裁减内廷侍臣的人数，减损和节约浩大的开支，责成各路行政机构尽职尽业，御史府可以自行推荐属官，减少每年的休假日期，这些事情都得到了实行。

张方平任三司使，因购买豪民的财产而获罪，包拯上奏弹劾，罢免了张的官职；但宋祁取代张方平，包拯又加以指责；宋祁被罢免后，包拯以枢密直学士的身份权兼三司使。欧阳修说道："包拯真是《左传》中所说的'牵牛踩了别人的地而地的主人把牛抢夺过来'，这种惩罚已经过重了，又贪恋三司使的肥缺，不也太过分了吗！"包拯因此呆在家里回避，过了很长时间才出来。他在三司任职时，凡是各库的供上物品，以前都向外地的州郡摊派，老百姓负担很重、深受困扰。包拯特地设置榷场进行公平买卖，百姓得以免遭困扰。官吏负欠公家钱帛的多被拘禁，一有机会就逃走，又把他的妻儿抓起来，包拯都给放了。升给事中，担任三司使。几天后，被任命为枢密副使。随即又升为礼部侍郎，包拯推辞不受。很快因病去世，享年六十四岁。朝廷赠他为礼部尚书，谥号为"孝肃"。

包拯性格严厉正直，对官吏苛刻之风十分厌恶，致力于敦厚宽容之政，虽然嫉恶如仇，但没有不以忠厚宽恕之道推行政务的，不随意附和别人，不装模作样地取悦别人，平时没有私人的书信往来，亲旧故友的消息都断绝了。虽然官位很高，但吃饭穿衣和日常用品都跟做平民时一样。他曾说："后世子孙做官，有犯贪污之罪的，不得踏进家门，死后不得葬入大墓。不遵从我的志向，就不是我的子孙。"当初，包拯有一个儿子，名叫"繶"，娶崔

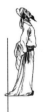

氏为妻,担任潭州通判时死了。崔氏为亡夫守节,不再改嫁。包拯曾经把她的陪嫁女送走,在娘家生孩子,崔氏暗中慰问她的母亲,让她好好照顾那个陪嫁女。包镱死后,崔氏把陪嫁女的儿子带回家,取名叫"包纟廷"。

包拯有《奏议》十五卷。

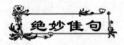

不从吾志,非吾子孙!

作者简介

　　袁宏道(公元 1568—1610 年)，字中郎，又字无学，号石公。湖广公安(今属湖北)人。万历十六年(公元 1588 年)中举人。次年入京赴考，未中。返乡后曾问学李贽，引以为师，自此颇受李贽思想影响。万历二十年(公元 1592 年)中进士。不仕，与兄宗道、弟中道遍游楚中。万历二十三年(公元 1595 年)，选为吴县令，饶有政绩。两年后辞官返里，潜学著文。留后世《袁宏道文集》。与他的兄弟并称"公安三袁"。

文学常识丛书

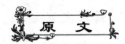

徐文长传①

余一夕坐陶太史楼②，随意抽架上书，得《阙编》诗一帙③，恶楮毛书④，烟煤败墨⑤，微有字形。稍就灯间读之，读未数首，不觉惊跃，急呼周望：“《阙编》何人作者，今邪古邪？”周望曰：“此余乡徐文长先生书也。”两人跃起，灯影下读复叫，叫复读，僮仆睡者皆惊起。盖不佞生三十年⑥，而始知海内有文长先生。噫，是何相识之晚也！因以所闻于越人士者⑦，略为次第⑧，为徐文长传。

徐渭，字文长，为山阴诸生⑨，声名藉甚⑩。薛公蕙校越时⑪，奇其才，有国士之目⑫。然数奇⑬，屡试辄蹶⑭。中丞胡公宗宪闻之⑮，客诸幕⑯。文长每见，则葛衣乌巾⑰，纵谈天下事，胡公大喜。是时公督数边兵⑱，威振东南，介胄之士⑲，膝语蛇行⑳，不敢举头，而文长以部下一诸生傲之，议者方之刘真长、杜少陵云㉑。会得白鹿㉒，属文长作表㉓。表上，永陵喜㉔。公以是益奇之，一切疏记㉕，皆出其手。文长自负才略，好奇计，谈兵多中，视一世士无可当意者，然竟不偶㉖。

文长既已不得志于有司㉗，遂乃放浪曲蘖㉘，恣情山水，走齐鲁燕赵之地，穷览朔漠㉙。其所见山奔海立，沙起云行，风鸣树偃，幽谷大都，人物鱼鸟，一切可惊可愕之状，一一皆达之于诗。其胸中又有勃然不可磨灭之气，英雄失路、托足无门之悲。故其为诗，如嗔如笑㉚，如水鸣峡，如种出土，如寡妇之夜哭，羁人之寒起㉛；虽其体格时有卑者，然匠心独出，有王者气㉜，非彼巾帼而事人者所敢望也㉝。文有卓识，气沉而法严，不以模拟损才，不以议论伤格，韩曾之流亚也㉞。文长既雅不与时调合㉟，当时所谓骚坛主盟者㊱，文长皆叱而奴之，故其名不出于越。悲夫！

喜作书，笔意奔放如其诗，苍劲中姿媚跃出，欧阳公所谓"妖韶女老，自有馀态"者也㊲。间以其馀㊳，旁溢为花鸟，皆超逸有致。

辛以疑杀其继室㊳，下狱论死。张太史元汴力解㊵，乃得出。晚年愤益深㊶，佯狂益甚㊷，显者至门，或拒不纳。时携钱至酒肆，呼下隶与饮㊸。或自持斧击破其头，血流被面，头骨皆折，揉之有声。或以利锥锥其两耳，深入寸馀，竟不得死。周望言晚岁诗文益奇㊹，无刻本，集藏于家。余同年有官越者㊺，托以钞录，今未至。余所见者，《徐文长集》《阙编》二种而已。然文长竟以不得志于时，抱愤而卒。

石公曰㊻：先生数奇不已，遂为狂疾；狂疾不已，遂为图圄㊼。古今文人牢骚困苦，未有若先生者也。虽然，胡公间世豪杰㊽，永陵英主。幕中礼数异等，是胡公知有先生矣；表上，人主悦，是人主知有先生矣，独身未贵耳。先生诗文崛起，一扫近代芜秽之习㊾，百世而下，自有定论，胡为不遇哉？

梅客生尝寄余书曰㊿："文长吾老友，病奇于人，人奇于诗。"余谓文长无之而不奇者也。无之而不奇，斯无之而不奇也，悲夫！

注 释

①徐渭"无之而不奇",一生不得志于时,抱愤而卒;死后,其名又渐被湮没。袁宏道发现了他,为之刊布文集,立传彰扬,显名后世,本是一件奇事,而作者此文又是一篇奇文。全文以"奇"字作骨,传写徐渭的悲愤人生,感慨淋漓,文如其人。徐文长,徐渭。

②一夕:指万历二十五(1597年)年三月作者游绍兴时的一天晚上。陶太史:陶望龄,字周望,号石篑,绍兴人。万历十七年(1589年)会试第一,廷试第三,初授翰林院编修,官至国子监祭酒。明代史馆事多以翰林任之,故称翰林为太史。

③帙(zhì):书册。

④恶楮(chǔ)毛书:粗糙的纸质,拙劣的书写。楮即榖树,树皮可造纸。

⑤烟煤败墨:形容印书的墨质不好。

⑥不佞:自谦词,意同"不才""小可"之类。

⑦越:古国名,地域大致相当于现在浙江东部。

⑧次第:编排。

⑨诸生:明代经过省内各级考试,录取入府、州、县学者,称生员。生员有增生、附生、廪生、例生等名目,统称诸生。

⑩声名藉甚:名声很大。藉甚,盛大,很多。

⑪薛公蕙:薛蕙,字君采,亳州(今安徽亳县)人。正德九年(1514年)进士,授刑部主事,嘉靖中为给事中。曾任绍兴府乡试官,所以称"校越"。

⑫国士之目:对杰出人物的评价。国士,国中才能出众的人。

⑬数奇(jī):命运坎坷,遭遇不顺。

⑭辄蹶(jué):总是失败。

⑮中丞胡公宗宪:胡宗宪,字汝贞,绩溪(今属安徽)人。嘉靖进士,任

逝者如斯

浙江巡抚,总督军务,以平倭功,加右都御史、太子太保。因投靠严嵩,严嵩倒台后,他也下狱死。

⑯客诸幕:作为幕宾。"客"用作动词,谓"使做幕客"。

⑰葛衣乌巾:身着布衣,头戴黑巾。此为布衣装束。

⑱督数边兵:胡宗宪总督南直隶、浙、闽军务。

⑲介胄之士:披甲戴盔之士,指将官们。

⑳膝语蛇行:跪着说话,爬着走路,形容极其恭敬惶恐。

㉑刘真长:晋朝刘惔,字真长,著名清谈家,曾为简文帝幕中上宾。杜少陵:杜甫,在蜀时曾作剑南节度使严武的幕僚。

㉒会得白鹿:《徐文长自著畸谱》:"三十八岁,孟春之三日,幕再招,时获白鹿二,……令草两表以献。"

㉓表:一种臣下呈于君主的文体,一般用来陈述衷情,颂贺谢圣。

㉔永陵:明世宗嘉靖皇帝的陵墓,此用来代指嘉靖皇帝本人。

㉕疏记:两种文体。疏,即臣下给皇帝的奏疏。记,书牍、札子。

㉖不偶:不遇。

㉗有司:主管部门的官员。

㉘曲蘖(niè):酒母,代指酒。

㉙朔漠:北方沙漠地带。

㉚嗔(chēn):生气。

㉛羁人:旅客。

㉜王者气:称雄文坛的气派。

㉝巾帼而事人:像妇人似的跟随顺从于人。帼,妇女的头巾,用巾帼代指妇女。

㉞韩曾:唐朝的韩愈、宋朝的曾巩。流亚:匹配的人物。

㉟雅:平素,向来。时调:指当时盛行于文坛的拟古风气。

㊱骚坛：文坛。主盟者：指嘉靖时后七子的代表人物王世贞、李攀龙等。

㊲"欧阳公"句：欧阳修《水谷夜行寄子美圣俞》有句云："譬如妖韶女，老自有馀态。"妖韶，美艳。

㊳间：有时。馀：馀力。

㊴卒以疑：最终由于疑心。继室：续娶的妻子。

㊵张太史元汴：张元汴，字子荩，山阴人。隆庆五年（1571年）廷试第一，授翰林修撰，故称太史。

㊶晚年愤益深：胡宗宪被处死后，徐渭更加愤激。

㊷佯狂：装疯。

㊸下隶：衙门差役。

㊹周望：陶望龄字。

㊺同年：同科考中的人，互称同年。

㊻石公：作者的号。

㊼囹圄（líng yǔ）：监狱。这里指身陷囹圄。

㊽间世：间隔几世。古称三十年为一世。形容不常有的。

㊾芜秽：杂乱、繁冗。

㊿梅客生：梅国桢，字客生。万历进士，官兵部右侍郎。

125

译文

我于一天晚上，坐在陶编修家楼上，随意抽阅架上陈放的书，得《阙编》诗集一函。纸张粗糙，装订马虎，刷板墨质低劣，字迹模糊不清。略凑近灯前阅读，看了没几首，不由得惊喜欢跃，连忙叫石篑，问他："《阙编》是谁作的？是今人还是古人？"石篑说："这是我同乡前辈徐天池先生著的书。先生名渭，字文长，嘉靖、隆庆间人，五六年前才去世。现在卷轴、题额上有署田水月的，就是他。"我方才明白前后所猜疑的都是文长一人。再加上如今正当诗歌领域荒芜浊污的时候，得到这样的奇珍秘宝，犹如在恶梦中被唤醒。我们俩跳起来，在灯影下，读了又叫，叫了又读，睡着的佣人们都被惊起。我从此以后，或者对人家口说，或者写书信，都推崇文长先生。有来看望我的，就拿出文长的诗给他读。一时文学界著名的人物，渐渐地知道向往仰慕他。

徐渭，表字文长，是山阴生员，声名很盛，薛公蕙作浙江试官时，对他的才华感到震惊，视之为国士。然而他命运不佳，屡次应试屡次落第。中丞胡公宗宪听说后，把他聘作幕僚。文长每次参见胡公，总是身着葛布长衫，头戴乌巾，挥洒自如，了无顾忌地谈论天下大事，胡公听后十分赞赏。当时胡公统率着几支军队，威镇东南沿海，部下将士在他面前，总是侧身缓步，跪下回话，不敢仰视。而文长以帐下一生员对胡公的态度却如此高傲，好议论的人把他比作刘真长、杜少陵一流人物。恰逢胡公猎得一头白鹿，以为祥瑞，嘱托文长作贺表，表文奏上后，世宗皇帝很满意。胡公是以更加器重文长，所有疏奏计簿都交他办理。文长深信自己才智过人，好出奇制胜，所谈论的用兵方略往往切中肯綮。他恃才傲物，觉得世间的事物没有能入他眼目的，然而却总是没有机会一显身手。

文长既然不得志，不被当道看重，于是乃放浪形骸，肆意狂饮，纵情山水。他游历了山东、河北，又饱览了塞外大漠。他所见的山如奔马、海浪壁立、胡沙满天和雷霆千里的景象，风雨交鸣的声音和奇木异树的形状，乃至山谷的幽深冷清和都市的繁华热闹，以及奇人异士、怪鱼珍鸟，所有前所未见，令人惊愕的自然和人文景观，他都一一化入了诗中。他胸中一直郁结着强烈的不平奋争精神和英雄无用武之地的悲凉。所以他的诗有时怒骂，有时嬉笑；有时如山洪奔流于峡谷，发出轰雷般的涛声；有时如春芽破土，

文
学
常
识
丛
书

充满蓬勃的生机;有时他的诗像寡妇深夜的哭声那样凄厉;有时像逆旅行客冲寒启程那样无奈。他诗作的格调匠心独运,有大气象和超人的气概。那种如以色事人的女子一般媚俗的诗作是难以望其项背的。徐文长于为文之道有真知卓见,他的文章气象沉着而法度精严,他不为默守成规而压抑自己的才华和创造力,也不漫无节制地放纵议论以致伤害文章的严谨理路,真是韩愈、曾巩一流的文章家。徐文长志趣高雅,不与时俗合调,对当时的所谓文坛领袖,他一概加以愤怒地抨击,所以他的文字没人推重,名气也只局限在家乡浙江一带,这实在令人为之悲哀!

文长喜好书法,他用笔奔放有如他的诗,在苍劲豪迈中另具一种妩媚的姿态跃然纸上,欧阳公所谓的美人迟暮另具一种韵味的说法,可用之于形容文长的书法。文长以诗、文、书法修养的余绪,涉笔成花鸟画,也都超逸有情致。

后来,文长因疑忌误杀他的继室妻子而下狱定死罪,张元汴太史极力营救,方得出狱。晚年的徐文长对世道愈加愤恨不平,于是有意作出一种更为狂放的样子,达官名士登门拜访,他时常会拒绝不见。他又经常带着钱到酒店,叫下人奴仆和他一起喝酒。他曾拿斧头砍击自己的头颅,血流满面,头骨破碎,用手揉摩,碎骨咔咔有声。他还曾用尖利的锥子锥入自己双耳一寸多深,却竟然没有死。周望声称文长的诗文到晚年愈加奇异,没有刻本行世,诗文集稿都藏在家中。我有在浙江做官的科举同学,曾委托他们抄录文长的诗文,至今没有得到。我所见到的,只有《徐文长集》《徐文长集阙编》两种而已。而今徐文长竟以不合于时,不得伸展抱负,带着对世道的愤恨而死去了。

石公说:徐文长先生的命途多艰,坎坷不断,致使他激愤成狂疾,狂病的不断发作,又导致他被投入监狱,从古至今文人的牢骚怨愤和遭受到的艰难苦痛,再没有能超过徐文长先生的了。但尽管如此,仍有胡公这样的不世之豪杰,世宗这样的英明帝王赏识他。徐文长在胡公幕中受到特殊礼遇,这是胡公认识到了他的价值,他的上奏表文博得皇帝的欢心,表明皇帝也认识到了他的价值,唯一欠缺的,只是未能致身显贵而已。文长先生诗文的崛起,可以一扫近代文坛庞杂卑陋的习气,将来历史自会有公正的定论,又怎么能说他生不逢时,始终不被社会承认呢?

梅客生曾经写信给我说:徐文长是我的老朋友,他的怪病比他这个怪人更要怪,而他作为一个奇人又比他的奇诗更要奇。我则认为徐文长没有一处地方不怪异奇特,正因为没有一处不怪异奇特,所以也就注定他一生命运没有一处不艰难,不坎坷。令人悲哀呀!

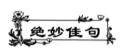

绝妙佳句

文有卓识,气沉而法严,不以模拟损才,不以议论伤格,韩曾之流亚也。

作者简介

　　张廷玉(1672—1755 年)，清代大臣。字衡臣，号研斋。安徽桐城人。康熙三十九年(1700 年)进士。康熙时历官内阁学士、吏部侍郎。世宗继位，擢礼部尚书，入直南书房，任《圣祖实录》副总裁，纂修缮写实录及起居注，深合上意，又任《明史》总裁。廷玉为世宗所倚任，军国大事，多与参决，鸿典巨文，也多出其手。并参与《康熙字典》《雍正实录》的编纂工作。

于谦传（节选）

于谦，字廷益，钱塘人。生七岁，有僧奇之曰："他日救时①宰相也。"举永乐十九年进士。

宣德初②，授御史。奏对，音吐鸿畅，帝为倾听。顾佐③为都御史，待察属甚严，独下谦，以为才胜己也。扈跸④乐安，高煦⑤出降，帝命谦口数其罪。谦正词崭崭，声色震厉。高煦伏地战栗，称万死。帝大悦。师还，赏赉与诸大臣等。

出按江西，雪冤囚数百。疏奏陕西诸处官校为民害，诏遣御史捕之。帝知谦可大任，会增设各部右侍郎为直省巡抚，乃手书谦名授吏部，超迁⑥兵部右侍郎，巡抚河南、山西。谦至官，轻骑遍历所部，延访父老，察时事所宜兴革，即俱疏言之。一岁凡数上，小有水旱，辄上闻。

正统六年疏言："今河南、山西积谷各数百万。请以每岁三月，令府州县报缺食下户，随分支给。先菽秫⑦，次黍麦，次稻。俟秋成偿官，而免其老疾及贫不能偿者。州县吏秩满⑧当迁，预备粮有未足，不听离任。仍令风宪官⑨以时稽察。"诏行之。河南近河处，时有冲决。谦令厚筑堤障，计里置亭，亭有长，责以督率修缮。并令种树凿井，榆柳夹路，道无渴者。大同孤悬塞外，按山西者不及至⑩，奏别设御史治之。尽夺镇将私垦田为官屯，以资边用。威惠流行，太行伏盗皆避匿。在官九年，迁左侍郎，食二品俸。

谦之为兵部也，也先①势方张；而福建邓茂七、浙江叶宗留、广东黄萧养各拥众僭号⑫；湖广、贵州、广西、瑶、憧、苗、僚所至蜂起。前后征调，皆谦独运⑬。当军马倥偬⑭，变在俄顷，谦目视指屈，口具章奏，悉合机宜。僚吏受成，相顾骇服。号令明审，虽勋臣宿将小不中律，即请旨切责。片纸行万里外，靡不慑息。其才略开敏，精神周至，一时无与比。至性⑮过人，忧国忘身。上皇虽归，口不言功。东宫既易⑯，命兼宫僚者支二俸。诸臣皆辞，谦独辞至再。自奉俭约，所居仅蔽风雨。帝赐第西华门，辞曰："国家多难，臣子何敢自安。"固辞，不允。乃取前后所赐玺书、袍、锭之属，悉加封识，岁时一省视而已。

帝知谦深，所论奏无不从者。尝遣使往真定、河间采野菜，直沽造干鱼，谦一言即止。用一人，必密访谦。谦具实对，无所隐，不避嫌怨。由是诸不任职者皆怨，而用弗如谦者，亦往往嫉之。比寇初退，都御史罗通⑰即劾谦上功簿不实。御史顾耀言谦太专，请六部大事同内阁奏行。谦据祖制折之，户部尚书金濂⑱亦疏争，而言者捃摭⑲不已。诸御史以深文弹劾者屡矣，赖景帝破众议用之，得以尽所设施。

谦性故刚，遇事有不如意，辄拊⑳膺叹曰："此一腔热血，意洒何地！"视诸选耎㉑大臣、勋旧贵戚意颇轻之，愤者益众。又始终不主和议，虽上皇实以是得还，不快也。徐珵以议南迁，为谦所斥。至是改名有贞，稍稍进用，尝切齿谦。石亨本以失律削职，谦请宥而用之，总兵十营，畏谦不得逞，亦不乐谦。德胜之捷，亨功不加谦而得世侯，内愧，乃疏荐谦子冕。诏赴京师，辞，不允。谦言："国家多事，臣子义不得顾私恩。且亨位大将，不闻举一幽隐，拔一行伍微贱，以裨②军国，而独荐臣子，于公议得乎？臣于军功，力杜③侥幸，决不敢以子滥功。"亨复大恚。都督张轨以征苗失律，为谦所劾，与内侍曹吉祥④等皆素憾谦。

景泰八年正月壬午，亨与吉祥、有贞等既迎上皇复位，宣谕朝臣毕，即执谦与大学士王文下狱。诬谦等与黄竑⑤构邪议，更立东宫；又与太监王诚、舒良、张永、王勤等谋迎立襄王子。亨等主其议，嗾言官上之。都御史萧惟祯定谳⑥。坐⑦以谋逆，处极刑。文不胜诬，辩之疾，谦笑曰："亨等意耳，辩何益？"奏上，英宗尚犹豫曰："于谦实有功。"有贞进曰："不杀于谦，此举为无名。"帝意遂决。丙戌改元天顺，丁亥弃谦市，籍其家，家戍边。遂溪教谕吾豫言谦罪当族，谦所荐举诸文武大臣并应诛。部议持之而止。千户白琦又请榜其罪，镂板示天下，一时希旨取宠者，率以谦为口实。

谦自值也先之变，誓不与贼俱生。尝留宿直庐⑧，不还私第。素病痰，疾作，景帝遣兴安、舒良更番往视。闻其服用过薄，诏令上方制赐，至醯㉙菜毕备。又亲幸万岁山，伐竹取沥㉚以赐。或言宠谦太过，兴安等曰："彼日夜分国忧，不问家产，即彼去，令朝廷何处更得此人？"及籍没，家无余资，独正室镝㉛钥甚固。启视，则上赐蟒衣、剑器也。死之日，阴霾㉜四合，天下冤之。指挥朵儿者，本出曹吉祥部下，以酒酹㉝谦死所，恸哭。吉祥怒，挞㉞之。明日复酹奠如故。都督同知陈逵感谦忠义，收遗骸殡之。逾年，归葬杭州。逵，六合人。故举将才，出李时勉门下者也。皇太后初不

知谦死，比闻，嗟悼⑤累日。英宗亦悔之。

谦既死，而亨党陈汝言代为兵部尚书。未一年败，赃累巨万。帝召大臣入视，愀然㊱曰："于谦被遇景泰朝，死无余资。汝言抑㊲何多也！"亨俯首不能对。俄㊳有边警，帝忧形于色。恭顺侯吴瑾侍，进曰："使于谦在，当不令寇至此。"帝为默然。是年，有贞为亨所中，戍金齿㊳。又数年，亨亦下狱死，吉祥谋反族诛，谦事白。

成化初，冕赦归，上疏讼冤，得复官赐祭。诰曰："当国家之多难，保社稷以无虞，惟公道之独恃，为权奸所并嫉。在先帝已知其枉，而朕心实怜其忠。"天下传诵焉。弘治二年㊵，用给事中孙需言，赠特进光禄大夫、柱国、太傅，谥肃愍㊶。赐祠于其墓曰"旌功"，有司岁时致祭。万历中，改谥忠肃。杭州、河南、山西皆世奉祀不绝。

133

注释

①救时：即"救世"。

②宣德：明宣宗朱瞻基年号。

③顾佐：太康人，为官刚正。

④扈跸：扈从御驾。

⑤高煦：明宣宗朱瞻基的叔父，起兵乐安，欲夺帝位。

⑥超迁：升拔、提升。

⑦菽秫：大豆、高粱。

⑧秩满：任期满。

⑨风宪官：监督风化法度的官员。

⑩按山西者不及至：巡按山西的官员管不到那里。

⑪也先：元部落瓦剌的首领。

⑫僭号：自称帝号。

⑬独运：独自谋划。

⑭倥偬（kǒng zǒng）：繁忙。

⑮至性：天性纯挚。

⑯东宫既易：景泰四年，代宗朱祁玉废太子见深（英宗子），立己子见济为太子。

⑰罗通：吉水人，永乐进士。

⑱金濂：淮安山阳人，永乐进士。

⑲捃摭（jùn zhí 俊直）：拾取。

⑳拊：抚。

㉑选耎（ruǎn）：软弱无能。

㉒裨：补益。

㉓杜：堵塞。

㉔曹吉祥：滦洲人，太监，暗中与石亨勾结。

㉕黄竑：广西地方官员，代宗的信使。

㉖谳（yàn）：审判定罪。

㉗坐：定罪。

㉘直庐：值班的朝房。

㉙醯（xī）：醋。

㉚沥：汁液。

㉛镢（jué）：安锁的环状物。

㉜阴霾（mái）：夹着泥沙的风。

㉝酹：以酒洒地而祭。

㉞扶(chì)：鞭打。

㉟嗟(jiē)悼：叹息悼念。

㊱愀(qiǎo)然：面容变色的样子。

㊲抑：连词，表示转折。

㊳俄：不久。

㊴戍金齿：守卫金齿明这个地方。

㊵弘治二年：明孝宗年号即1489年。

㊶谥肃愍：死后的封号。

于谦，字廷益，钱塘人。七岁的时候，有个和尚惊奇于他的相貌，说："这是将来救世的宰相呀。"永乐十九年，于谦考中了进士。

宣德初年，于谦被任命为御史。奏对的时候，他声音洪亮，语言流畅，使皇帝很用心听。顾佐任都御使，对下属很严厉，只有对于谦客气，认为他的才能胜过自己。护从皇帝驻扎在乐安时，高煦出来投降，皇帝让于谦口头述说他的罪行。于谦义正词严，声色俱厉。高煦伏在地上求饶，自称罪该万死。皇帝很高兴。班师回朝北京，给于谦的赏赐和各大臣一样。

于谦外出巡按江西，昭雪了被冤枉的几百个囚犯。他上疏奏报陕西各处官校骚扰百姓，诏令派御史逮捕他们。皇帝知道于谦可以承担重任，当时刚要增设各部右侍郎为直接派驻省的巡抚，于是亲手写了于谦的名字交给吏部，越级提升为兵部右侍郎，巡抚河南、山西。于谦到任后，轻装骑马走遍了所管辖的地区，访问父老，考察当时各项应该兴办或者革新的事，并立即上疏提出。一年上疏几次，稍有水旱灾害，马上上报。

正统六年，于谦上疏说："现在河南、山西各自储存了数百万谷物。请

于每年三月,令各府州县上报缺粮的贫困户,把谷物分发给他们。先给菽秫,再给黍麦,再次给稻。等秋收后还给官府,而年老有病和贫穷无力的,则免予偿还。州县吏员任满应该提升时,储存预备粮达不到指标的,不准离任。并命令监察官员经常稽查视察。"下诏令照此执行。河南靠近黄河的地方,常因水涨冲缺堤岸。于谦令加厚防护堤,计里数设置亭长,负责督促修缮堤岸。又下令种树、打井,于是榆树夹道,路上没有干渴的行人。大同单独远在边塞之外,巡按山西的人难于前往,奏请另设御史管理。把镇守将领私自开垦的田全部收为官屯,用以资助边防经费。他的威望恩德遍布于各地,在太行山的盗贼都逃跑或隐藏起来。在职九年,升任左侍郎,领二品官的俸禄。

于谦主持兵部工作时,也先的势力正在扩张,而福建邓茂七、浙江叶宗留、广东黄萧养各自拥有部众和自封的封号,湖广、贵州、广西、瑶、侗、苗、僚到处蜂起作乱,前后的军队征集调遣,都是于谦独自安排。当战事匆忙急迫,瞬息万变的时候,于谦眼睛看着手指数着,随口讲述奏章,全都能按照机宜采取正确的方针方法。同事和下属接受命令,彼此看着都感到惊骇佩服。号令严明。虽然是勋臣老将稍有不守法度,立即请圣旨切实责备。一张小字条送到万里外,没有不谨慎小心执行的。他才思的畅通敏捷,考虑的周到仔细,一时没有人能比得上。他性情淳朴忠厚过人,忘身忧国。上皇虽然回来了,一点也不说自己的功劳。东宫改易以后,景帝命令凡是兼东宫太子宫属者支取两份俸禄。诸臣都表示推辞,只有于谦一再推辞。自己的生活很简单俭朴,所居住的房子仅仅能够遮挡风雨。皇帝赐给他西华门的府第,推辞说:"国家多难,臣子怎么敢自己安居。"坚决推辞,皇帝不准。于是把皇帝前所赏赐的玺书、袍服、银锭之类,全部封好写上说明放到那里,每年去看一看罢了。

皇帝很了解于谦,所议论奏请的事没有不听从的。皇帝曾经派使者到真定、河间采择野菜，去直沽制造鱼干，于谦一说便马上停止。任用一个人，一定悄悄访问于谦。于谦实事求是地回答，没有隐瞒，也不躲避嫌疑怨恨。因此那些不称职的人都怨恨他，而不像他那样被皇帝信用的，亦往往嫉妒他。当敌寇刚刚撤退时，都御史罗通立刻上奏章弹劾于谦登记的功劳薄不实在。御史顾（日翟）说于谦太专权，干预六部的大事奏请实行，好像他就是内阁一样。于谦根据祖制反驳他们，户部尚书金濂亦上疏为他争辩，但指责他的人还是不断收集他的材料。各御史多次用苛刻的文词上奏弹劾他，全靠景泰帝力排众议，加以任有，他才得以尽量实现自己的计划。

于谦的性格很刚强，遇到有不痛快的事，总是拍着胸脯感叹说："这一腔热血，不知会洒在哪里！"他看不起那些懦怯无能的大臣、勋臣、皇亲国戚，因此憎恨他的人更多。又始终不赞成讲和，虽然上皇因此能够回来，但上皇并不满意。徐（王呈）因为提出迁都南京，受到于谦斥责。这时把名字改为有贞，比较得到提升进用，经常咬牙切齿地恨于谦。石亨本来因为违犯了军法被削职，是于谦请求皇帝宽恕了他，让他总理十营兵，但因为害怕于谦不敢放肆，也不喜欢于谦。德胜门一仗的胜利，石亨的功劳并不比于谦大，而得到世袭侯爵，内心有愧，于是上疏推荐于谦的儿子于冕。皇帝下诏让他到京师，于谦推辞，皇帝不准。于谦说："国家多事的时候，臣子在道义上不应该顾及个人的恩德。而且石亨身为大将，没有听说他举荐一位隐士，提拔一个兵卒，以补益军队国家，而只是推荐了我的儿子，这能得到公众的认可吗？我对于军功，极力杜绝侥幸，绝对不敢用儿子来滥领功劳。"石亨更是又愧又恨。都督张辄因为征苗时不守律令，被于谦弹劾，和内侍曹吉祥等都一向恨于谦。

景泰八年正月壬午，石亨和曹吉祥、徐有贞迎接皇上恢复了帝位，宣谕朝臣以后，立即把于谦和大学士王文逮捕入狱。诬陷于谦等和黄竑制造不轨言论，要另立太子，又和太监王诚、舒良、张永、王勤等策划迎接册立襄王的儿子。石亨等拿定这个说法，唆使科道官上奏。都御史萧维祯审判定罪，坐以谋反，判处死刑。王文忍受不了这种诬陷，急于争辩，于谦笑着说："这是石亨他们的意思罢了，分辩有什么用处？"奏疏上呈后，英宗还有些犹豫，说："于谦实在是有功劳的。"徐有贞进言说："不杀于谦，复辟这件事就成了出师无名。"皇帝的主意便拿定了。丙戌改年号为天顺，丁亥，把于谦在闹市处死并弃尸街头，抄了他的家，家人都被充军边疆。遂溪的教谕吾豫说于谦的罪应该灭族，于谦所推荐的各文武大臣都应该处死。刑部坚持原判这才停止了。千户白琦又请求写上他的罪行，刻板印刷在全国公布。一时要讨好皇帝争取宠幸的人，全都以于谦作为一个话柄。

于谦自从土木之变以后，发誓不和敌人共生存。经常住在值班的地方，不回家。一向有痰症病，景帝派太监兴安、舒良轮流前往探望。听说他的衣服、用具过于简单，下诏令宫中造了赐给他，所赐东西甚至连醋菜都有了。又亲自到万岁山，砍竹取汁赐给他。有人说皇帝太过宠爱于谦，兴安等说："他日夜为国分忧，不问家产，如果他去了，让朝廷到那里还能找到这样的人？"到抄家的时候，家里没有多余的钱财，只有正屋关锁得严严实实。打开来看，都是皇上赐给的蟒袍、剑器。于谦死的那天，阴云密布，全国的人都认为他是冤枉的。一有个叫朵儿的指挥，本来出自曹吉祥的部下，他把酒泼在于谦死的地方，恸哭。曹吉祥发怒，鞭打他。第二天，他还是照样泼酒在地表示祭奠。都督同知陈逵被于谦的忠义感动，收敛了他的尸体。过了一年，送回去葬在杭州。陈逵，是六合人。曾被推举为有将领之才，是从李时勉门下举荐的。皇太后开始时不知道于谦的死，听说以后，叹息哀悼了几天。英宗也后悔了。

于谦已死，由石亨的党羽陈汝言任兵部尚书。不到一年，所干的坏事败露，贪赃累计巨万。皇帝召大臣进去看，变了脸色说："于谦在景泰帝朝受重用，死时没有多余的钱财，陈汝言为什么会有这样多？"石亨低着头不能回答。不久边境有警,皇帝满面愁容。恭顺侯吴瑾在旁边侍候,进谏说:"如果于谦在,一定不会让敌人这样。"皇帝无言以对。这一年,徐有贞被石亨中伤,充军到金齿口。又过了几年,石亨亦被捕入狱,死于狱中;曹吉祥谋反,被灭族,于谦事情得以真相大白。

成化初年,将于冕赦免回来,他上疏申诉冤枉,得以恢复于谦的官职,赐祭,诰文里说:"当国家多难的时候,保卫社稷使没有危险,独自坚持公道,被权臣奸臣共同嫉妒。先帝在时已经知道他的冤,而朕实在怜惜他的忠诚。"这诰文在全国各地传颂。弘治二年,采纳了给事中孙需的意见,赠给于谦特进光禄大夫、柱国、太傅,谥号肃愍,赐在墓建祠堂,题为"旌功",由地方有关部门年节拜祭。万历中,改谥为忠肃。杭州、河南、山西都是历代奉拜祭祀不止。

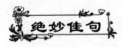

此一腔热血,意洒何地!

作者简介

　　全祖望(1705—1755 年)字绍衣,号谢山,鄞县人,清代浙东学派的重要代表人物,著名的史学家、文学家。乾隆元年(1736 年)会试中进士,入翰林院庶吉士,因不附权贵,于次年辞官归里,不复出任,专心致力于学术,相继讲学。在学术上推崇黄宗羲,自称为梨洲私淑弟子,又受万斯同影响,专研宋和南明史事。尤好搜罗古典文献及金石旧拓,曾编成《天一阁碑目》。为我国文化宝库增添了许多珍贵遗产。

梅花岭记

顺治二年乙酉①四月，江都围急②。督相史忠烈公③知势不可为，集诸将而语之曰："吾誓与城为殉，然仓皇中不可落于敌人之手以死，谁为我临期成此大节者？"副将军史德威④慨然任之。忠烈喜曰："吾尚未有子，汝当以同姓为吾后，吾上书太夫人，谱汝诸孙中⑤。"二十五日城陷，忠烈拔刀自裁，诸将果争前抱持之，忠烈大呼"德威"，德威流涕不能执刃，遂为诸将所拥而行，至小东门，大兵如林而至，马副使鸣騄、任太守民育、及诸将刘都督肇基⑥等皆死。忠烈乃瞠目曰："我史阁部也。"被执至南门，和硕豫亲王⑦以"先生"呼之，劝之降。忠烈大骂而死。初忠烈遗言："我死，当葬梅花岭上。"至是德威求公之骨不可得，乃以衣冠葬之。

或曰："城之破也，有亲见忠烈青衣乌帽，乘白马出天宁门投江死者，未尝殒于城中也。"自有是言，大江南北，遂谓忠烈未死。已而英、霍山师⑧大起，皆托忠烈之名，仿佛陈涉之称项燕。吴中孙公兆奎⑨以起兵不克，执至白下，经略洪承畴与之有旧⑩，问曰："先生在兵间，审知故扬州阁部史公果死耶？抑未死耶？"孙公答曰："经略从北来，审知⑪故松山殉难⑫督师洪公果死耶？抑未死耶？"承畴大恚⑬，急呼麾下驱出斩之。

呜呼，神仙诡诞之说，谓颜太师以兵解[14]，文少保亦以悟大光明法蝉脱[15]，实未尝死；不知忠义者，圣贤家法[16]，其气浩然，长留天地之间。何必出世入世之面目，神仙之说，所谓为蛇画足。即如忠烈遗骸，不可问矣！百年而后，予登岭上，与客述忠烈遗言，无不泪下如雨，想见当日围城光景，此即忠烈之面目，宛然可遇，是不必问其果解脱否也，而况冒其未死之名者哉？

　　墓旁有丹徒[17]钱烈女之家，亦以乙酉在扬，凡五死而得绝，时告其父母火之，无留骨秽地，扬人葬之于此。江右王猷定、关中黄遵岩、粤东屈大均[18]为作传铭哀词。

　　顾尚有未尽表章[19]者：予闻忠烈兄弟自翰林可程[20]下，尚有数人，其后皆来江都省墓。适英霍山师败，捕得冒称忠烈者，大将发至江都，令史氏男女来认之，忠烈之第八弟已亡，其夫人年少有色，守节，亦出视之，大将艳其色，欲强娶之，夫人自裁而死。时以其出于大将之所逼也，莫敢为之表章者。呜呼，忠烈尝恨可程在北，当易姓[21]之间，不能仗节，出疏纠之[22]，岂知身后乃有弟妇以女子而踵[23]兄公之余烈乎？梅花如雪，芳香不染，异日有作忠烈祠者，副使诸公谅[24]在从祀[25]之列，当另为别室以祀夫人，附以烈女一辈也。

注　释

①顺治二年乙酉：指公元 1645 年。

②江都围急：指今江苏扬州市遭到清军围困。

③督相史忠烈公：即史可法。史以兵部尚书、大学士督师扬州。明代大学士相当宰相的职务。另史可法殉国后，谥号忠烈。

④史德威：平阳人（今山西临汾），时任副总兵管。

⑤谱汝诸孙中：意思是将你作为我母亲的孙辈列入家谱中。

⑥马副使、刘都督：指按察副史马鸣騄及大将军刘肇基都督均力战而死。

⑦和硕豫亲王：名多铎，努尔哈赤第十五子。时任清军首领。

⑧英、霍山师：英山县、霍山县的抗敌义军迅猛发展。

⑨孙公兆奎：指苏州孙兆奎起兵抗清。

⑩经略洪承畴与之有旧：经略，官名。洪承畴，明万历进士，字彦演。有旧，即有交情。

⑪审知：确切的知晓。

⑫松山殉难：指洪承畴与清兵大战于松山，原以为殉难于松山，后知其已降清兵。

⑬恚（huì）：恼怒。

⑭颜太师以兵解：唐代颜真卿官至太师，像他那样劝喻叛将李希烈，结果被害。

⑮文少保：指文天祥。

⑯家法：指一脉相承的道德准则。

⑰丹徒：地名，今江苏镇江市。

⑱江右王猷定、关中黄遵岩、粤东屈大均：分别指江西王猷定、陕西黄遵岩、广东屈大均三位文人。

⑲顾尚有未尽表章：顾，不过。表章，即表彰。

⑳可程：史可法的弟弟。

㉑易姓：封建社会为一姓天下，故将改朝换代视为易姓。

㉒出疏纠之：上疏给朝廷加以纠劾。

㉓踵：跟随、追随。

㉔谅：推想。

㉕从祀：指对马鸣骒及大将军刘肇基的祭奠活动。

译 文

　　顺治二年四月，江都被包围，情况很危急，督师扬州的宰相史可法知道局势难以挽救，就召集众将告诉他们："我发誓与此城一起殉难，但仓促之中我不能落到敌人手里而死，谁能到时帮助我完成大节呢？"副将军史德威慷慨地应允。史可法高兴地说："我还没有儿子，你应当以同姓的身份做我的后嗣，我要写信给母亲，将你列入族谱的孙辈之中。"二十五日城陷落了，史可法拔刀要自杀，将军们果然争着上前抱住，史可法大声呼唤："德威！"德威流着眼泪而不忍拿刀，于是史可法被将军们簇拥着走了，到小东门，清军的兵士像树林般密密麻麻地来到，兵马副统帅马鸣骒、扬州太守任民育、以及众将如都督刘肇基等都死了。史可法就瞪大眼睛对敌人说："我就是史阁部。"于是他就被抓住并带到南门，和硕豫亲王用"先生"来称呼他，劝他投降，史可法大骂敌人而被杀。当初史可法曾留下遗言："我死后，应把我葬在梅花岭上。"到此时，史德威找他的尸骨却找不到，就把他的衣帽葬了。

　　有人说："当城被攻破时，有人亲眼看到史可法穿着青衣戴着黑帽，骑着白马出了天宁门投江而死，未曾死在城里。"自从有了这一说法，在长江南北两岸，都传说史可法没有死。不久，英山霍山的抗敌义军迅猛发展，都假托史可法的名义，好像陈胜托称项燕之名一样。苏州孙兆奎因起兵失败，被押送到南京，经略洪承畴过去同他有过交往，问他："先

文学常识丛书

生在军队里,可详细知道原来扬州的宰相史公是真死了呢？还是没死呢？"孙公回答道:"经略从北方来,可详细知道原在松山殉难的统帅洪公是真死了呢？还是没死呢？"洪承畴大怒,急忙喊叫部下推出杀了他。

可叹啊,那些讲神仙的奇诡荒诞的说法,说颜真卿太师因尸解而成仙,文天祥少保也因悟得"大光明法"而解脱升仙,其实并没有死;他们不知道忠义是圣贤立身的根本准则,那种刚正之气异常充沛,长久留存于天地之间。何必用解脱成仙和在世为人的面目出现？那些关于神仙的说法,正如所谓的画蛇添足。但就史可法的遗体来说,却是不能找到了！百年之后的今天,我登到梅花岭上,同游客讲述史可法的遗言,没有一人不泪如雨下,想象当时围城的情景,这就是忠烈的面貌,仿佛可以看到一样,这是不必去追问他是否真的脱离人世而成仙,更何况假托他没死的名义的那些人呢？

史可法的坟墓旁还有镇江姓钱的烈女之墓,也是乙酉那年在扬州,计五次自杀才得死去,自杀时告诉父母要将自己火化,不要将尸骨留在这污秽的土地,扬州人就把她葬在这里。江西人王猷定、陕西人黄遵岩、广东人屈大均曾为她作传、撰铭、写哀词。

但还有未能全被表彰出来的:我听说史可法的兄弟翰林学士史可程以下还有好几人,后来都到江都祭扫史可法墓。正逢英山霍山义军失败,捉到了托名而假冒史可法的人,清兵的大将把他押送到江都,下令让史氏门中的男子和妇女都来辨认,这时史可法的第八个弟弟已死,他的夫人年轻漂亮,为他守节,也出来看这个托名者,大将军看上了她的美色,想强迫娶她,夫人自杀而死。当时因为她出于大将所逼,人们慑于势而不敢表彰她。可叹啊,史可法曾痛恨史可程在北京为官之时,政党国家沦亡之际,不能保持节操,而写奏章谴责他,怎会知道在自己死后,竟然有弟媳妇以女子之身继承夫兄所留下的光明业绩呢？梅花

145

像雪，芬香而不染尘埃，将来如果有人修建忠烈祠，马鸣骡副使等想必要列入从祀的位置，还应当另外建一室来祭祀夫人，再附上烈女一辈。

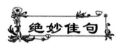

绝妙佳句

　　吾誓与城为殉，然仓皇中不可落于敌人之手以死，谁为我临朝成此大节者？